KB078316

게임 씹어먹는 엑스트라 4

월문선 퓨전 판타지 소설

초판 1쇄 찍은 날 § 2020년 9월 16일
초판 1쇄 펴낸 날 § 2020년 9월 23일

지은이 § 월문선
펴낸이 § 서경석

총괄팀장 § 노종아
편집책임 § 신나라
디자인 § 공간42

펴낸곳 § 도서출판 청어람
등록번호 § 제387-1999-000006호
등록일자 § 1999. 5. 31
어람번호 § 제1-3085호

주소 § 경기도 부천시 부일로 483번길 40 서경B/D 3F (우) 14640
전화 § 032-656-4452 팩스 § 032-656-4453
http://www.chungeoram.com
E—mail § chungeorambook@daum.net

ISBN 979-11-04-92260-2 04810
ISBN 979-11-04-92218-3 (세트)

게임 씹어 먹는 엑스트라

월문선 퓨전 판타지 소설

FUSION FANTASTIC STORY

4

목차

Chapter

1

[까망이가 습득한 특성은 친위대 소환입니다!]
[친위대 소환 특성이 그림자 분신(D)으로 변환되었습니다.]

'이건 또 무슨 소리야?'

눈앞에 떠오른 메시지를 확인한 나이젤은 놀란 표정을 지었다.

친위대 소환은 앤트 퀸이 솔져 앤트들을 부를 때 쓴 특성이었다.

그런데 친위대 소환이 그림자 분신으로 변환이 되었다고 하는게 아닌가?

꺄후웅!

그때 까망이가 귀엽게 포효했다.

그러자 시스템 메시지가 떠올랐다.

[까망이의 등급이 3성으로 상승하였습니다.]
[나이트 하운드 까망이가 나이트 울프로 진화합니다!]

파아앗!
순간 까망이에게서 검은 그림자 같은 어둠이 터져 나왔다.
잠시 후.
어둠이 내려앉으며 까망이가 모습을 드러냈다.
'헐.'
나이젤은 놀란 표정으로 까망이의 상태창을 확인했다.

[나이트 울프]
이름: 까망이.
타입: 소환수.
등급: 3성(성장형).
특성: 에테르(D), 그림자 이동(D), 그림자 조작(D), 그림자 분신(D).
호감도: 125/150.
능력치:
무력: 41. 통솔: 38.
지력: 40. 마력: 48.

크림슨 용병단과 함께 노팅힐 영지 주변 몬스터들을 토벌하면서 까망이도 2성까지 성장했었다.

그 이후에도 나이젤과 함께 몬스터들을 잡으며 여러 금속들을 흡수해 왔다.

그러다가 이번에 4성 등급 카오스 코어를 흡수하면서 한 번에 3성으로 성장하고 울프로 진화한 모양이었다.

덕분에 모든 특성과 스킬도 한 등급씩 상승했다.

[나이트 울프 까망이가 액티브 스킬 섀도우 배리어(D)를 배웠습니다!]

'허.'

등급이 상승하면서 까망이에게 새로운 스킬이 생겨났다.

또한.

3성 등급이 되면서 스킬들이 한 단계씩 업그레이드되었다.

단단해지기는 섀도우 아머로.

보호하기는 섀도우 실드로.

그리고 이번에 새롭게 생긴 섀도우 배리어는 자동 방어 스킬인 섀도우 실드보다 방어력이 더 높고 전방위를 안정적으로 방어할 수 있었다.

"까망아?"

나이젤은 까망이를 바라봤다.

1성에서 2성이 되었을 때 까망이는 덩치가 조금 커졌었다.

이번에도 마찬가지였다.

아니, 그림자 울프로 진화한 덕분인지 덩치가 좀 더 커져 있었다.

그릉그릉!

그래 봤자 귀여운 아기 늑대에 가까웠지만.

여전히 귀엽고 사랑스러운 모습에 조금 더 늠름해졌을 뿐이었다.

강아지에서 좀 더 늑대에 가까운 모습으로 진화한 까망이는 나이젤의 손에 얼굴을 부비며 혀로 핥았다.

'기존 특성들은 그대로네.'

까망이가 가지고 있는 특성들은 등급이 오르면서 강화되었다.

기본적으로 그림자 차원 생명체는 에테르체다.

에테르란 일종의 정신 에너지로 실체가 존재하지 않는다.

그 때문에 현실 세계에 실체화를 하려면 마나가 필요했다.

지금 이렇게 나이젤이 까망이를 만질 수 있는 이유는 마력을 소모해서 그림자 조작으로 실체화를 하고 있기 때문이다.

실체화는 필요할 때 자유롭게 할 수 있기에 부담은 없었다.

또한 특성 에테르의 효과로 물리 공격은 통하지 않는다.

그저 통과해서 지나갈 뿐이다.

다만. 마력이나 오러를 이용한 공격은 예외였다.

마법이나 오러 블레이드에 의한 공격 피해는 입으니까.

'그림자 분신은 어떤 특성일까?'

잠시 까망이의 상태를 확인하던 나이젤은 궁금증이 들었다.

"까망아, 그림자 분신 좀 써봐."

끄아아앙!

나이젤의 말에 까망이는 포효하며 그림자 분신을 발동시켰다.

퐁! 퐁! 퐁!

그러자 까망이의 몸에서 그림자 일부가 떨어져 나가는 게 아닌가?

그리고 이내 작은 그림자들은 까망이와 같은 모습을 취했다.

'와, 이게 뭐지?'

나이젤은 할 말을 잃은 표정으로 분신체 세 마리를 넋 놓고 바라봤다.

너무 귀여웠기 때문이다.

뀨우? 뀨! 뀨웅!

작은 까망이 같은 모습인 분신체 세 마리가 나이젤과 카테리나 주변을 폴짝폴짝 뛰어다니기 시작했다.

그 모습을 본 카테리나의 입꼬리가 씰룩거렸다.

'귀, 귀여워!'

평상시 카테리나는 어딘가 날이 선 차가운 이미지였다.

창술에 재능이 있다는 사실을 알게 된 후 스스로 가혹한 훈련 일정을 소화하며 몰아붙여 왔으니까.

거기다 윌버 영지의 저스틴에게 당한 것도 있었기에 사람들을 대하는 게 서툴렀다.

그 때문에 다른 사람들을 대할 때 차가운 모습을 보일 때가 많았다.

오직 나이젤을 제외하고는.

그런데 지금 귀여운 까망이들의 분신체들의 모습에 카테리나는 자꾸만 얼굴이 풀렸다.

뀨?

그때 분신체 중 유독 한 마리가 카테리나의 주변을 맴돌았다.

그리고 검은 눈망울을 반짝이며 카테리나를 올려다봤다.

"……!"

순간 카테리나는 심장이 덜컥 내려앉는 것 같았다.

마치 하트 어택을 당한 것처럼.

그녀는 조심스레 눈처럼 하얀 손을 내밀었다.

핥짝핥짝.

까망이 분신체는 기다렸다는 듯이 그녀의 손을 핥아댔다. 카테리나는 자연스럽게 분신체의 머리를 쓰다듬으며 품에 안아 들었다.

그러자 분신체는 그녀의 볼에 얼굴을 부볐다.

뀨웅.

기쁜 듯이 꼬리를 흔들며 카테리나의 볼을 핥짝거리는 분신체.

분신체는 작고 귀여운 동물과 다를 바 없었다.

까망이처럼 검은 털이 재현되어 있었고 따스한 온기를 가지고 있었으니까.

분신체를 품에 안고 있는 카테리나는 몸과 마음이 풀리는 느낌이었다.

그녀는 조심스러운 눈으로 나이젤을 바라봤다.

"나, 나이젤 님."

"어? 왜?"

까망이의 분신체 두 마리와 놀아주고 있던 나이젤은 카테리나의 부름에 고개를 돌려봤다.

그곳에 얼굴을 붉히고 있는 카테리나가 있었다.

그녀는 간절한 눈빛으로 나이젤을 바라보며 입을 열었다.

"하, 한 마리 분양받으면 안 되나요?"

뀨!

그녀의 품에 안겨 있는 분신체 또한 똘망똘망한 검은 눈을 빛내며 나이젤을 바라봤다.

마치 그녀와 함께하고 싶다는 듯이.

"분양을 해달라고?"

이거 분양도 되나?

고개를 갸웃거리며 나이젤은 까망이를 바라봤다.

그아앙.

그러자 까망이는 고개를 끄덕이며 울었다. 그와 함께 시스템 메시지도 떠올랐다.

[나이트 울프 까망이의 분신체는 타인에게 양도가 가능합니다. 카테리나에게 양도하시겠습니까? Yes? Or No?]

'헐?'

이게 돼?

눈앞에 떠오른 시스템 메시지를 본 나이젤은 경악을 금치 못했다.

정말 양도가 가능할 줄이야.

"알았어. 그럼 잘 키워줘."

나이젤은 양도를 선택했다.

그녀라면 믿을 수 있었으니까.

거기다 분신체를 키우는 데 어려움은 크게 없었다. 소유자의 마나만 한 번씩 공급해 주면 되니까.

마나도 많이 필요 없었다.

일반인들보다 조금 더 마나 양이 많으면 충분했다.

미래의 스피어 마스터라고 할 수 있는 그녀에게는 쉬운 일이었다.

그리고 분신체 또한 까망이와 마찬가지로 평소에는 소유자의 그림자 속에서 생활하기 때문에 특별히 신경 쓸 건 없었다.

다만, 분신이다 보니 까망이처럼 전투에 도움이 되는 능력은 없었다.

정찰을 보내 주변 탐색을 시킬 수 있을 정도일 뿐.

"고마워요."

나이젤의 승낙에 카테리나는 환한 미소를 지으며 말했다.

[카테리나의 호감도가 10포인트 상승하였습니다.]

[현재 카테리나의 호감도는 142입니다. 그녀는 당신을 소중하게 생각하고 있습니다.]

[당신에게 해를 입힌 자는 그녀의 차가운 분노를 보게 될 것입니다.]

분신체를 분양해 줬다는 사실이 고마웠던지 호감도가 대폭 상승했다.

'이제 148인가.'

카테리나와 까망이는 호감도가 100을 돌파했지만 변화가 없었다.

대신 둘 다 상한선이 150까지 늘어났다. 그리고 100을 넘긴 이후부터는 호감도 상승이 느려졌다. 1포인트씩밖에 오르지 않았던 것이다.

'150을 찍으면 무엇으로 바뀌려나.'

나이젤은 조금 기대가 되었다.

한계선이라고 생각했던 100을 돌파한 카테리나의 호감도는 과연 무엇으로 바뀌게 될까?

"아, 참. 이름은 뭐로 지어줄 거야?"

나이젤은 까망이의 분신들을 바라봤다. 다시 보니 분신이라기보다는 까망이의 동생들 같은 느낌이었다.

"알비나요."

"알비나?"

카테리나는 주저 없이 바로 답했다.

그리고 그녀의 말에 나이젤이 반문한 순간.

[세 번째 분신체의 이름이 정해졌습니다. 분신체의 이름은 알비나입니다. 소유자가 원하는 모습으로 분신체가 변화합니다.]

파아앗!

시스템 메시지가 떠오르면서 양도한 분신체에서 하얀 빛이 터져 나왔다. 잠시 후 빛이 사라지고 분신체가 모습을 드러냈다.

"이건 또 무슨……."

나이젤은 할 말을 잃었다.

알비나로 이름 지어진 까망이의 분신체가 극적인 변화를 이루었기 때문이다. 아니, 능력이나 몸 크기는 그대로였다.

다만 푸른 눈을 가진 하얀 강아지의 모습으로 변화한 것이다.

"나의 귀여운 알비나."

카테리나는 변화한 알비나를 품에 꼭 끌어안았다.

알비나의 모습은 약 10년 전, 북부 왕국이 건재했을 때 카테리나가 어릴 적 키웠던 강아지와 흡사하게 생겼다.

그때 강아지의 이름도 알비나였다.

스스슥.

순간 알비나의 모습이 다시 변하기 시작했다.

이전의 검은 그림자 같은 모습으로 돌아간 것이다.

[알비나는 자신이나 소유자의 마음대로 모습을 바꿀 수 있습니다.]

'과연.'

까망이의 분신체는 소유자가 원하는 모습 한 가지로 변할 수 있었다.

다만, 강아지 형태에서 벗어나진 못하고 색깔이나 겉모습만 살짝 바꿀 수 있는 수준인 모양.

"정말 고마워요, 나이젤 님."

알비나를 보고 행복했었던 어릴 적 기억이라도 떠오른 것일까.

카테리나는 살짝 물기 어린 눈으로 나이젤을 바라보며 웃어 보였다.

"고맙긴. 이 정도는 당연히 해줄 수 있지."

나이젤 또한 마주 웃어주었다.

그리고 어느새 다시 하얀 모습으로 돌아간 알비나는 카테리나의 눈가를 핥아주고 있었다.

'나머지 녀석들은 일단 그냥 데리고 있어야겠네.'

남은 두 마리는 나이젤의 발밑에서 몸을 부비고 있는 중이었다.

아마 이 녀석들도 믿을 수 있는 무장에게 분양시켜서 알비나처럼 이름을 지어주면 무슨 변화가 생길 터.

그뿐만이 아니라 지금은 별다른 능력이 없지만 분신체들도 까망이처럼 성장할 수 있었다. 등급이 오른다면 쓸 만해질지도 몰랐다.

지금 당장 존재하는 것만으로도 마음에 힐링을 주고 있지만 말이다.

'역시 분신이라기보다는 까망이의 애들 같단 말이야.'

나이젤은 귀여운 까망이의 분신들을 바라보며 작은 미소를 지었다.

나머지 두 마리는 나중에 자신의 수하 무장에게 분양할 생각이었다.

그렇게 잠시 까망이의 분신체들과 휴식을 보낸 나이젤과 카테리나는 우드빌 영지의 관료들을 찾아 발걸음을 옮기기 시작했다.

　　　　*　　　　　*　　　　　*

　다음 날.

　나이젤은 날이 밝자마자 다니엘을 찾아갔다.

　어제 하루 동안 충분히 시간을 주었으니 이제 대답을 들을
생각이었다.

　'어제 나름 수확이 좋았었지.'

　까망이가 4성 카오스 코어를 찾아 먹고 성장했으며, 노팅힐
영지로 데려갈 만한 인재들도 몇 명 이야기를 해두었다.

　나이젤이 데려갈 생각인 인물들은 내정 운영을 위한 관료들
도 있었지만, 대장장이 같은 기술자들도 있었다.

　바론 남작이 영지를 버렸다는 소문 덕택에 다른 인물들의 영
입은 그리 어렵지 않았다.

　그뿐만이 아니라 나이젤이 10미터나 되는 거대 마수를 잡았
다는 소식도 큰 도움이 되었다.

　'이래서 명성도 중요하다니까.'

　현재 나이젤의 명성은 제법 높아져 있었다.

　노팅힐 영지에서 몬스터들을 토벌하고, 세계 최강 용병단 크
림슨 미드나이트와 함께 하운드들을 때려잡으면서 명성이 꽤 올
랐다.

　그러다가 위기에 빠진 우드빌 영지를 구하고 4성 카오스 보스
그랜드 앤트 퀸을 쓰러뜨리면서 명성이 크게 올랐다. 적어도 우
드빌 성채 도시에서 나이젤의 입지는 꽤 커졌다.

　그리고 현재 명성도 2,500에 가까웠다. 참고로 명성이 2,000이

20　게임 씹어먹는 엑스트라

었을 때 C급 스킬 상점을 개방했고, 다음 B급은 4,000이 되어야 개방할 수 있었다.

'이 정도면 충분하지.'

그렇기에 나이젤은 의심 하나 없이 다니엘의 사무실을 힘차게 열고 들어갔다.

"음? 넌 누구냐?"

그런데 다니엘의 사무실에 선객이 있었다.

남자가 셋에 여자가 둘이었다.

그중 20대 초반의 사내가 흥미로운 표정으로 문을 열고 들어온 나이젤을 바라보고 있었다.

그리고 나이젤 또한 그를 보고 경악한 표정을 지었다.

'아니, 왜 이 사람들이……?'

본래라면 있어서는 안 될 인물들이 다니엘의 사무실에 있었으니까.

나이젤은 놀란 표정으로 사무실 내부를 둘러봤다.

지금 이 시기에 만날 거라 생각지 못했던 인물들이 사무실 안에 존재했기 때문이다.

60대 초반의 백발이 성성한 노인이 날카롭게 눈을 빛내며 나이젤을 바라보고 있었으며, 얼굴에 칼자국이 새겨진 30대 초반의 사내는 경계하는 눈빛이었다.

그리고 20대 초반의 여성과 10대 후반으로 보이는 소녀는 흥미로운 표정으로 나이젤을 바라보고 있었다.

'어째서 여기에 저들이…….'

나이젤은 기분이 묘했다.

눈앞에 있는 인물들이 누구인지 잘 알고 있었으니까.

'브로드 팬드래건에, 멜리오나, 에이미, 가라드, 알프레드라고?'

트리플 킹덤 게임에서 팬드래건 가문에 소속되어 있는 인물들이다.

삼국지로 치면 브로드 팬드래건은 손책에 해당한다.

다른 인물들 또한 각각 주유, 여몽, 주태, 황개였다.

전부 손책 진영의 인물들.

삼국지에서 손책은 강동을 평정하고 소패왕으로 불리며 오나라를 세우는 데 기반을 다졌다.

그리고 자신과 싸운 태사자를 수하로 두는 대범한 인물이기도 했다.

본래 삼국지에서는 손책의 동생인 손권이 오나라를 세워 국왕이 된다.

하지만 트리플 킹덤에서는 삼국지와 조금 다르게 오나라라고 할 수 있는 브리타니아 왕국을 브로드가 직접 세워 국왕에 즉위한다.

그런데 지금 이 시기에 성채 도시 우드빌에 있을 줄이야!

'설마 다니엘을 영입하러 온 건가?'

나이젤은 놀란 눈으로 브로드 팬드래건을 바라봤다.

다니엘은 삼국지로 치면 태사자와 같은 인물.

게임에서도 브로드의 인품에 반해 팬드래건 공작 가문으로 들어간다.

물론 지금 시기가 아닌 좀 더 나중에 생기는 일이지만.

"노팅힐 영지의 백부장, 나이젤입니다. 그쪽은?"

일단 나이젤은 브로드의 질문에 대답하며 되물었다.

이미 브로드 일행에 대해서 알고 있다고는 해도 실제로 만나는 건 처음이었으니까.

"이거 실례했군. 나는 브로드 팬드래건이다. 이쪽은 알프레드, 가라드, 메리오나, 에이미다."

'역시.'

예상대로 그들은 팬드래건 가문의 사람들이 맞았다.

그리고 크림슨 용병단과 라그나 로드브로크를 봤을 때도 마찬가지였지만, 모니터 너머로 보던 유명 무장들을 실물로 보자 감회가 새로웠다.

"그렇습니까? 이런 곳에서 팬드래건 백작가의 자제분과 만나게 될 줄은 몰랐네요."

나이젤은 브로드를 가만히 살펴봤다.

사실상 팬드래건 백작 가문은 슈테른 제국의 동부 변경 지역을 지배하고 있다.

그들의 눈 밖에 난다면 동부 지역에서 지내기 힘들어질 수도 있었다.

동부 지역에서 그들의 영향력은 상당히 크기 때문이다.

'적어도 군웅할거가 시작되기 전까지는 좋은 관계로 있어야겠지.'

가능하면 군웅할거가 시작되었을 때, 동맹 관계인 편이 좋았다.

그들과 동맹을 맺을 수 있다면 초반이 편해지니까.

그 때문에 나이젤은 브로드를 상대로 예의를 차려주었다.

'그건 그렇고…….'

나이젤은 브로드를 바라보며 고개를 갸웃거렸다.

제국 동부는 다른 지역보다 이종족 비율이 높다.

당장 이곳에 있는 다니엘만 해도 수인족 중 하나인 늑대족이었으며, 팬드래건 백작 가문은 무려 용인족의 후손들이었다.

드래곤과 인간의 혼혈인 용인족은 일반 인간들보다 수명이 몇 배는 더 길고 강대한 힘을 가진 존재들.

다만 몇백 년, 몇천 년이라는 긴 세월이 흐르면서 용의 피가 많이 희석된 상태였다.

그 때문에 현재에 이르러서는 용의 피가 옅어지면서 외견상 인간과 다를 바 없어졌다.

그래도 용의 피를 조금이나마 잇고 있는 덕분에 다른 인간들보다 신체 능력이 좋았다.

당장 브로드만 해도 키가 190에 가까운 건장한 체격이었고, 마력 양도 상당히 많았다.

그리고 일반 인간들보다 수명이 조금 더 길었고, 무엇보다 전성기 시절의 젊은 모습을 길게 유지할 수 있었다.

그뿐만이 아니다.

'어딘가 익숙한 느낌인데.'

현재 나이젤은 드래곤 하트를 흡수하면서 용마지체가 되었다.

용인족의 상위종이라고 할 수 있는 용마인에 한없이 가까웠다.

그 때문인지 나이젤은 브로드에게서 친근감이 느껴졌다.

아마 같은 용의 힘을 가진 탓일 터.

그리고 그 기분은 브로드도 마찬가지였다.

"나야말로 이런 곳에서 그대와 같은 인물을 만나게 될 줄은 몰랐군."

브로드는 호의적인 미소를 지으며 나이젤을 바라봤다.

'무언가 그리운 느낌이 든다.'

사무실 문을 열고 들어온 나이젤을 처음 봤을 때부터 브로드는 익숙하고 그리운 느낌이 들었다.

그 때문에 속으로 의아스러웠다.

어렸을 때부터 수많은 사람들을 만나봤다. 그리고 훗날 팬드래건 가문의 가주가 되기 위해 지난 1~2년 동안 제국 곳곳을 여행하며 수많은 인간들과 이종족들을 만났었다.

하지만 지금 같은 끌림은 느껴보지 못했다.

나이젤에 대해 알고 싶고, 함께 있고 싶었다.

거의 본능에 가까운 이끌림.

용으로서의 힘과 피가 나이젤 쪽이 더 농후한 탓이었다.

"저는 만나고 싶은 인물이 있어서요. 브로드 님은 무슨 일로 우드빌 영지에 오셨습니까?"

"근처를 지나다가 우드빌 영지가 마수들에게 공격받고 있다는 이야기를 듣고 왔지. 좀 늦은 모양이지만."

브로드는 어깨를 으쓱거렸다.

본래 우드빌 영지에는 올 예정이 없었지만 대규모 마수 무리가 습격해 오고 있다는 정보를 얻었다.

그래서 부랴부랴 달려왔었지만 이미 모든 상황은 종결되어 있었다. 그리고 성채 도시의 피해가 클 뻔했었는데 그걸 막은 인물이 있다고 들었다.

"그대가 앤트 슬레이어지?"

"예?"

순간 나이젤은 자신이 잘못 들은 줄 알았다.

앤트 슬레이어라니?

"다니엘로부터 들었다. 수많은 마수들을 해치우고 마지막에는 10미터에 달하는 비행형 마수를 쓰러뜨렸다지?"

나이젤이 오기 전, 브로드 일행은 다니엘로부터 어제 있었던 이야기를 듣고 있었다.

주로 나이젤의 활약상이었다.

그 덕분에 브로드 일행은 나이젤이 성채 도시 우드빌을 지키는 데 얼마나 큰 공헌을 하고 자신을 희생했는지 잘 알 수 있었다.

"이야기를 들어보니 대단하더군, 앤트 슬레이어."

"마을을 지켜줘서 고마워요, 앤트 슬레이어 님."

"나랑 싸워보자, 앤트 슬레이어!"

"수고했다, 앤트 슬레이어."

"젊은 나이에 훌륭한 무훈을 세웠구나, 앤트 슬레이어."

브로드를 시작으로 멜리오나, 에이미, 가라드, 알프레드가 한마디씩 말을 해주었다.

"……."

하지만 나이젤은 말없이 부들부들 떨었다.

[축하합니다! 당신에게 칭호 개미 학살자, 앤트 슬레이어가 수여되

었습니다. 보상으로 명성이 500 상승합니다!]

[앞으로 당신은 성채 도시 우드빌에서 개미 학살자로 이름을 날리게 됩니다.]

[축하합니다!]

'으아아아아아.'

축하는 무슨!

개미 학살자라니!

나이젤은 속으로 오열했다.

단지 듣는 것만으로도 얼굴이 붉어지고 손발이 오그라들었으니까.

트리플 킹덤이 서양 판타지를 배경으로 한 게임이다 보니 어느 정도 유치함이나 오글거림을 감안하고 있었다.

그리고 사실 앤트 슬레이어는 틀린 말도 아니었다.

나이젤이 쓰러뜨린 카오스 몬스터들은 거대 개미처럼 생겼으니 말이다.

수많은 거대 개미들을 학살하다시피 했으니 앤트 슬레이어라는 칭호가 붙을 수 있었다.

하지만 막상 자신이 개미 학살자로 불린다고 생각하니 얼굴에 열이 오르며 어디론가 숨고 싶은 기분이었다.

"내가 있었으면 개미 따위 전부 태워 버렸을 텐데."

그때 10대 후반의 소녀가 툴툴거리며 한마디 했다.

어깨까지 내려오는 밝은 주황색 머리카락과 장난기가 넘쳐흘러 보이는 붉은 눈을 가진 미소녀.

브로드 팬드래건을 따르는 가신들 중 한 명인 에이미 아스톤이었다.

팬드래건 가문을 따르는 하급 귀족 출신으로 화염 마법이 특기인 마법사다.

삼국지의 여몽에 해당하는 인물.

삼국지에서 여몽은 훗날 관우를 죽는 데 일조한다.

하지만 트리플 킹덤에서는 다르다.

트리플 킹덤은 삼국지의 유명한 무장들을 모티브로 따왔을 뿐이며, 시대상으로 나이가 맞지 않고 성별이나 종족까지 다른 경우가 많았다.

당장 손책인 브로드만 해도 인간이 아닌 용인족의 후예였고, 태사자인 다니엘은 늑대족이었으니 말이다.

그리고 전반적인 스토리는 삼국지의 기본 시나리오를 따라가지만 플레이어의 선택에 따라 진행 사항이 달라진다.

엔딩 또한 마찬가지.

플레이어의 선택과 성향, 즉 적군을 많이 죽이느냐, 죽이지 않느냐에 따라 이후 진행에 변화가 생기고 엔딩이 바뀐다. 다양한 멀티 엔딩을 가지고 있었던 것이다.

"에이미."

에이미가 투덜거리자 옆에 있던 20대 초반의 여성이 부드러운 목소리로 타이르듯 불렀다.

그녀는 허리까지 길게 내려오는 초록색 머리카락과 아름답게 빛나는 금색 눈동자가 인상적인 미녀였다.

그녀의 이름은 멜리오나 윈필드.

삼국지로 치면 주유에 해당하는 인물이다. 그리고 삼국지에서 주유는 손책과 형제처럼 가까운 소꿉친구였다.

트리플 킹덤에서도 멜리오나는 브로드와 어린 시절을 함께 지낸 덕분에 남매처럼 가까웠다.

그뿐만이 아니라 손책의 여동생인 손상향에 해당하는 세이라와는 거의 자매나 다름없었다.

또한, 그녀는 회복 마법을 사용하는 프리스트이며 훗날 주유처럼 팬드래건 진영을 이끄는 군사가 된다.

그리고 트리플 킹덤에서 손권에 해당하는 인물은 존재하지 않았다.

손책과 손상향에 해당하는 브로드와 세이라가 팬드래건 백작 가문에 존재할 뿐이었다.

'그녀 때문에 동부 지역을 공략하는 데 좀 힘들었었지.'

다리안 영주로 트리플 킹덤을 플레이했을 때 진현의 방침은 힘으로 밀어붙이는 무력 통일이었다.

그 때문에 동부 변경 지역을 점령하기 위해 팬드래건 진영과 전투를 벌였다가 그녀의 작전에 당한 적이 있었다. 거기다 초기부터 브로드를 따르는 강한 무장들이 많았기에 팬드래건 진영과 전쟁을 했을 때는 피해가 상당히 컸었다.

'하지만 지금은 게임이 아니지.'

이유는 모르겠으나 트리플 킹덤 게임이 현실이 된 세상.

게임처럼 막무가내로 나갈 수 없었다. 최대한 다른 영지와 외교 관계를 다지고 최소한 영지를 지킬 무장과 군사력 등등 힘을 얻기 전까지는 살아남기 위해 발버둥을 쳐야 했다.

이 기회에 브로드 팬드래건과 좋은 관계를 가지는 것도 나쁘지 않은 선택이었다.

"죄송해요, 나이젤 백부장님. 우리 애가 좀 예의가 없어서."

멜리오나는 상냥한 미소를 지으며 에이미를 꼭 끌어안았다.

"앗! 언니 잠깐… 으음."

눈 깜짝할 사이에 멜리오나의 품속에 안긴 에이미는 빠져나오지 못했다. 멜리오나의 바다처럼 넓은 풍만한 가슴에 얼굴이 묻히더니 이내 나른한 고양이 같은 표정을 지었기 때문이다.

안기자마자 바로 졸음이 올 정도로 안락한 가슴이라니!

"괜찮습니다."

헛기침을 한 번 한 나이젤은 멜리오나를 향해 웃어 보였다.

에이미를 안고 있는 그녀의 모습을 보니 노팅힐 영지에 있는 아리아가 떠올랐다.

어딘가 모르게 멜리오나는 아리아와 비슷한 느낌이었으니까.

그리고 나이젤은 자신을 찌르는 듯한 뜨겁고 날카로운 시선을 느꼈다.

고개를 돌려보니 브로드가 찌를 듯이 자신을 바라보고 있는 모습이 보였다.

"분명 나이젤이라고 했지? 실력이 제법 있나 보군. 비행형 마수를 상대하는 건 어려운 일인데 말이야."

같은 거대 마수라고 해도 비행형은 격이 달랐다.

공중 공격이 불가능하면 손쓸 방도가 없었으니까.

그럼에도 혼자서 10미터에 달하는 거대 비행형 마수를 쓰러뜨렸다는 것은 어지간한 실력으로는 어림도 없었다.

거기다 브로드는 나이젤에게 알 수 없는 친근감을 강하게 느끼고 있었다.

'이거 설마 날 영입하려고 하는 건 아니겠지?'

나이젤은 속으로 쓴웃음을 지었다.

지금 브로드의 태도는 라그나가 자신에게 제자가 되어달라고 말하던 분위기와 비슷했으니까.

자신이 영입을 하러 왔다가 오히려 역으로 영입당할 상황에 놓인 것이다.

실제로 게임에서 플레이어뿐만이 아니라 다른 AI 영주들도 무장들과 인재들을 영입하기 위해 움직인다.

아무래도 브로드가 그럴 생각인 모양이었다.

이윽고 브로드의 입이 열렸다.

"내 여동생인 세이라를 너에게 주마. 우리 가문에 들어와라."

"……?"

전혀 예상조차 하지 못한 브로드의 말에 나이젤뿐만이 아니라 사무실에 있던 모든 인물들의 얼굴에 경악스러운 표정이 떠올랐다.

만난 지 불과 몇 분 되지 않은 인물에게 팬드래건 백작가의 영애를 주겠다니?

말도 되지 않는 소리였다.

하지만 그런 그들을 바라보며 브로드는 씩 미소를 짓고 있을 뿐이었다.

나름대로 믿는 구석이 있었으니까.

"브로드 님! 그게 무슨 말입니까!"

브로드의 폭탄선언에 키가 2미터에 가까운 30대 초반의 사내, 가라드가 놀란 표정으로 소리쳤다.

그는 팬드래건 가문의 몸을 의탁 중인 창술사였다. 삼국지로 치면 주태에 해당한다.

본래 삼국지에서 주태는 손책보다 손권과 인연이 깊은 인물이었다. 주태의 사람됨과 풍채를 마음에 들어 한 손권이 손책에게 수하로 내어달라고 한 것이다.

그 후 주태는 손권과 함께했다.

그리고 몇 번이나 목숨을 바쳐 중상을 입으면서도 손권을 구해주었다.

하지만 트리플 킹덤에서는 손권에 해당하는 인물이 존재하지 않는다.

손책인 브로드와 손상향인 아이리만 존재할 뿐.

그 때문에 트리플 킹덤에서 가라드는 손권 대신 손책인 브로드의 목숨을 구해준 적이 있었다.

그때 입었던 부상 중 하나가 가라드의 얼굴에 새겨져 있는 상처였다.

그 덕분에 브로드는 가라드를 믿을 수 있다는 인물로 판단하고 항상 경호원으로 데리고 다녔다.

또한 가라드의 경호 대상은 브로드뿐만이 아니었다.

브로드의 여동생인 아이리도 보호해야 할 존재라고 인식하고 있었다.

팬드래건 가문에 몸을 의탁하기 전, 죽을 뻔한 가라드를 구해준 사람이 바로 브로드와 아이리 남매였으니까.

그런데 처음 본 인간에게 소중한 팬드래건 백작가의 영애를 주겠다니?

황당한 건 나이젤도 마찬가지였다.

"브로드 님 그건 대체⋯⋯?"

정말 상상도 하지 못했던 폭탄 발언이었다. 자신을 영입하려고 한다는 건 대충 눈치챌 수 있었다.

하지만 여동생인 아이리 팬드래건을 미끼로 던질 줄이야.

"네가 마음에 들었기 때문이지."

나이젤의 말에 대답한 브로드는 사무실 안에 있는 일행들을 돌아보며 재차 입을 열었다.

"모두 다니엘의 말을 들어서 알고 있겠지? 그가 아니었으면 얼마나 많은 사람들이 죽었을 거라 생각하나? 아마 거의 전멸했을 테지."

그만큼 비행형 마수는 상대하기가 까다로운 존재였다.

아무리 다니엘이 강하다고 해도 그랜드 앤트 퀸을 혼자 상대했었다면 고전을 면치 못했을 것이다.

그뿐만이 아니라 수많은 워킹 앤트들이나 솔져 앤트들까지 상대해야 했기 때문에 더더욱 힘들었다.

나이젤도 지상에서 카테리나나 다니엘이 정문과 성벽을 막고 있어준 덕분에 혼자서 앤트 퀸을 상대한 것이다.

만약 성벽을 지켜준 존재들이 없었다면 워킹 앤트들에게 상당수 시민들이 피해를 입을 각오를 해야 했을 것이다.

브로드는 다시 나이젤을 바라봤다.

"그리고 내가 가장 크게 평가하는 건 그의 실력이 아니다. 바로 인성이지."

'뭐?'

브로드의 말에 나이젤은 멍한 표정을 지었다.

인성이라니?

이건 또 무슨 소리란 말인가?

"모두 알고 있겠지만 바론 남작은 시민들을 버리고 도망쳤다. 그런데 여기 있는 기사, 다니엘은 병사들과 함께 남아 영지를 지켰고 나이젤 백부장은 다른 영지의 일임에도 사람들을 구하기 위해 나서주었지."

그 점에서 브로드는 나이젤과 다니엘을 높게 평가했다.

특히 나이젤의 경우 우드빌 영지를 도와주지 않았어도 되었다.

영주가 위험한 상황이라 판단하고 도망쳤음에도 나이젤은 우드빌 성채 도시에 와서 시민들을 지키는 데 큰 공헌을 해주었다.

"보통 자신과 아무 관계 없는 사람들을 도와주는 사람은 손에 꼽을 정도다. 하지만 나이젤은 다른 영지의 주민들을 도와주었지. 너희들도 알다시피 나는 바보처럼 착한 녀석들이 좋거든. 거기에 실력까지 있고 말이야."

브로드는 눈을 빛내며 나이젤을 바라봤다. 그리고 불과 조금 전까지 말도 안 된다는 표정을 짓고 있던 다른 사람들도 납득했다는 얼굴로 고개를 끄덕끄덕거리고 있었다.

그 속에서 나이젤은 절로 식은땀이 났다.

'아닌데. 다니엘을 영입하려고 온 건데.'

나이젤이 성채 도시 우드빌을 도와준 이유는 다니엘을 영입하기 위함이었다.

그뿐만이 아니다.

우드빌 성채 도시에는 노팅힐 영지를 부흥시키는 데 도움이 될 만한 사람들이 재야에 묻혀 있었다.

그리고 다니엘을 따라 우드빌 영지군 대다수가 노팅힐 영지로 따라올 터.

그 때문에 나이젤은 우드빌 성채 도시를 구한 것이다.

앞으로 노팅힐 영지를 지키는 데 큰 도움이 될 만한 인재들을 데려오기 위해서.

'뭐, 확실히 눈앞에서 무고한 사람들이 죽어가는 모습은 별로 보고 싶진 않지.'

적어도 나이젤에게 있어서 이 세상은 현실과 다름없었다.

그렇기에 성채 도시 안에서 어린 소녀가 마수에게 죽는 모습은 보고 싶지 않았다.

그래서 도와주었다.

그리고 상황이 좋지 않긴 하지만 해볼 만하다는 걸 알고 마수들과 싸웠을 뿐이었다.

만약 정말 위험하다고 판단되었다면 카테리나와 함께 빠져나 갈 생각이었다.

그런데…….

"내 여동생을 주는 데 아깝지 않다고 생각한다."

브로드는 나이젤을 뜨거운 눈으로 바라봤다.

나이젤은 자신의 목적을 위해서 우드빌 성채 도시를 도와주 었을 뿐인데, 브로드는 완전히 오해하고 있었다.

나이젤이 정말 순수한 마음으로 사람을 구하기 위해 움직였다고 말이다.

거기다 현재 나이젤은 용마지체가 되면서 용인족보다 상위 개체인 용마인에 가까운 존재였다.

필연적으로 나이젤이 가진 용의 피와 힘에 이끌리고 있는 상황.

나이젤을 수하로 둘 수 있다면 브로드로서는 더할 나위 없이 좋은 일이었다.

하지만.

"난 반대야! 우리 귀여운 아이리를 준다니! 아이리는 아직 10살밖에 안 된다고!"

"……!"

순간 나이젤의 눈이 부릅떠졌다.

멜리오나의 품속에서 비몽사몽 하고 있던 에이미가 브로드의 말에 반응하면서 소리쳤던 것이다.

그리고 에이미의 말은 나이젤의 뒤통수를 호되게 후려쳤다.

10살? 10살이었다고?

나이젤은 기가 막힌 표정을 지었다.

아이리 팬드래건.

브로드의 여동생이며, 삼국지로 치면 손상향에 해당하는 인물이다.

하지만 정작 게임에서는 등장한 적이 없었다. 브로드가 금지옥엽처럼 생각하며 전장에서 안전한 곳에 숨겨두었다고밖에 나오지 않았다.

왜냐하면 그녀의 몸은 병약했으니까.

브로드가 마련한 별장 저택에서 숨어 지냈다는 이야기밖에 나오지 않았다.

다른 영주 루트에서는 그대로 잊히며, 브로드 팬드래건 루트로 플레이하면 브리타니아 왕국을 건국했을 때 병 때문에 이미 사망했다고 나올 뿐이었다.

거의 설정상으로만 존재하는 인물.

그 때문에 모습도 나이도 알 수 없었다.

그런데 설마 지금 시점에서 나이가 열 살이었을 줄이야.

나이젤은 가늘게 뜬 눈으로 브로드를 바라봤다. 까닥 잘못했으면 범죄자가 될 뻔했으니까.

"아니, 넌 왜 이렇게 눈치가 없냐?"

딱!

"꺄!"

나이젤의 눈초리에 무안해진 브로드는 에이미의 머리를 쥐어박았다.

그러자 에이미는 난리가 났다.

"히잉! 멜리오나 언니, 브로드 오빠가 나 때렸어. 흐어어엉."

에이미는 서럽게 눈물을 흘리며 다시 멜리오나의 가슴에 얼굴을 묻었다.

"아니, 왜 잘 자는 우리 애를 울리고 그래요!"

멜리오나는 브로드의 등짝에 손바닥 스매쉬를 날렸다.

쫘악!

찰진 소리와 함께 브로드의 신음 소리가 울려 퍼졌다.

그 모습을 나이젤은 방심할 수 없다는 표정으로 바라봤다.

'역시 브로드 팬드래건.'

훗날 브리타니아 왕국을 건국하고 왕이 되는 인물.

아직 열 살밖에 되지 않은 여동생을 미끼로 영입을 시도하려고 할 줄이야.

"앞으로 10년 후면 미인이 될 거라고! 그럼 아무 문제 없잖아?"

변명하는 브로드의 말에 나이젤은 소름이 돋았다.

최소 10년 동안 자신을 붙잡아두고 있을 생각이었다는 소리였으니까.

나이젤은 재빨리 끼어들었다.

"죄송하지만 거절하겠습니다. 전 노팅힐 남작 가문에서 나올 생각이 없습니다."

브로드의 여동생 아이리가 어리다는 이유 때문만은 아니었다.

'어차피 난이도 때문에 옮길 수도 없지.'

현재 에픽 미션의 난이도는 불가능(신화)급.

그로 인해 나이젤은 노팅힐 남작가에서 나올 수 없었다.

"남작가라고?"

그리고 나이젤의 대답에 브로드는 어리둥절한 표정을 지었다.

"노팅힐 남작가라면… 설마 무능하다고 유명한 다리안 영주가 있는 가문이 아닌가?"

아무래도 다리안 영주의 악명은 생각보다 높은 모양이었다. 브로드 팬드래건이 알고 있을 정도였으니까.

"네."

나이젤은 부정하지 않고 고개를 끄덕였다.

그러자 브로드의 얼굴에 호기심이 떠올랐다.

"다리안 영주에 대해서라면 나도 조금 들은 게 있지. 주변 영주들이 해달라는 대로 다 해주는 인물이라고 하더군. 그래서 영지민들이 살기 힘들다고 하던데……."

"틀린 말은 아니네요."

나이젤은 쓴웃음을 지었다.

실제로 다른 영지에 비한다면 노팅힐 영지민들은 부유하지 못했고, 빈민가도 제법 큰 편이었다.

그래도 하루하루 겨우 먹고살 수준은 되었다.

진현이 나이젤의 몸에서 정신을 차린 후, 어느 정도 시간이 지난 다음에 알게 된 사실이 있었다.

다리안 영주가 영지민들을 굶길 수는 없다면서 세금을 적게 거두고, 식량은 최대한 많이 풀어왔던 것이다.

'사람이 착하긴 한데 심성이 강하지 못해서 문제였지.'

다른 영주들의 압박에 다리안 영주는 휘둘려 왔다.

당장 노팅힐 영지에 무장이라고는 가리안밖에 없었고, 병사들도 구색만 갖춘 시민병 수준이었으니까.

"그런데도 그곳에 있겠다는 말인가?"

"예."

"어째서지? 내 곁에 온다면 더 좋은 대우를 약속하겠다. 원한다면 내 여동생과 약혼을 하는 것도 고려해 주지."

브로드는 나이젤을 놓치기 싫은 모양이었다. 그리고 조건은 결코 나쁘지 않았다.

'약혼이라⋯⋯.'

나이젤은 브로드의 말에 거짓이 없다는 사실을 알았다. 용안으로 본 그의 모습은, 기대감과 흥분이 뒤섞여 있는 주황색과 노랑색 오러가 소용돌이처럼 피어오르고 있었으니까.

또한, 지금 브로드는 은연중에 나이젤에게 아주 큰 제안을 하고 있었다.

바로 백작가라는 귀족 가문에 들어올 수 있는 발판을 주겠다고 말이다.

아이리의 나이와 관계없이 귀족 가문의 영애와 약혼했다는 사실만 있으면 되었다.

그렇게 된다면 나이젤은 팬드래건 백작가의 일원이 되는 것이다.

'역시 용의 피 때문인가.'

물론 그뿐만이 아니었다.

다니엘이 나이젤의 활약상을 너무 잘 이야기해 준 덕분인지 브로드 일행은 꽤 호의적이었다.

다니엘의 이야기에서 나이젤은 그야말로 목숨을 바쳐 우드빌 성채 도시를 구한 영웅이나 다름없었기 때문이다.

그리고 실제로 만난 나이젤의 인품은 겸손하고 예의가 발라 보였다.

실력이 좀 있다고 해서 거들먹거리거나 잘난 척하는 모습을 보이지 않았다. 그 점에서 브로드 일행은 나이젤을 좋게 봤다.

애초에 나이젤이 우드빌 성채 도시를 도와주러 왔다는 사실만으로도 됨됨이를 알 수 있었다.

거기다 용마지체가 된 나이젤에게 브로드가 이끌리고 있는 상황.

그 덕분인지 브로드는 나이젤에게 굉장히 호의적인 모습을 보이고 있었다.

그뿐만이 아니다.

만약 나이젤이 팬드래건 백작 가문의 일원이 된다면 앞으로 군웅할거에서 생존할 확률이 높아질 터였다.

거기다 앞으로 일어날 일들도 알고 있으니 그 정보들을 활용하면 팬드래건 가문 내에서 입지를 공고히 다지는 것도 가능했다.

하지만.

"죄송하지만 거절하겠습니다."

나이젤은 다시 거절의 뜻을 내비쳤다. 노팅힐 영지에서 자신만 바라보고 있는 다리안 영주나 가리안 백부장, 그리고 수하들의 모습이 떠올랐기 때문이다.

자신이 팬드래건 백작 진영으로 간다는 건 그들을 버리는 것과도 같았다.

만약 자신이 노팅힐 영지에서 없어진다면 어떻게 될까?

'다 죽겠지.'

앞으로 이 세계에서 시작될 시대의 흐름 앞에 노팅힐 영지는 사라질 터.

그리고 어차피 신화급 불가능 난이도 때문에 진영을 옮길 수도 없었다.

하지만 팬드래건 백작가와 연을 만들어둘 방법이 없는 건 아니었다.

　나이젤은 눈앞에 있는 브로드를 향해 부드러운 미소를 지으며 경악할 만한 말을 한마디 했다.

　"단, 엘릭서라면 구해 드릴 수 있습니다."

Chapter

2

"뭐?"

브로드는 놀란 얼굴로 눈을 부릅떴다. 그건 다른 일행들도 마찬가지였다.

"에, 엘릭서를 구할 수 있다고?"

방금 전 나이젤의 말이 얼마나 놀라웠는지 멜리오나의 품에서 울고 있던 에이미가 벌떡 일어나 앉을 정도였다.

'역시 그런가.'

그들의 반응에 나이젤은 희미한 미소를 지었다.

첫 번째 에피소드 몬스터 플러드가 시작되기 전부터 브로드가 여행을 다녔다는 이야기가 있었다.

게임 설정에서는 세계를 여행하면서 견문을 넓혀 팬드래건 백작가의 가주가 되기 위함이라고 나온다.

하지만 브로드가 여행을 한 이유는 그뿐만이 아니었다.

'여동생의 병을 고치기 위해서였어.'

브로드의 여동생인 아이리 팬드래건.

비록 아이리의 나이까진 알지 못했지만, 그녀와 관련된 정보라면 한 가지 알고 있는 게 있었다.

트리플 킹덤 게임에서 브로드 팬드래건 루트로 플레이하면 브리타니아 왕국을 건국하게 된다.

그때 브로드가 나라를 세웠지만 결국 여동생은 구해주지 못했다고 하면서 한탄하는 이벤트가 나온다.

트리플 킹덤 게임에서 아이리는 원인 모를 질병에 걸려 있었다.

그 때문에 어린 시절을 거의 침대 위에서 보냈으며, 약사, 의사, 회복 마법을 사용하는 마법사까지 불러보았지만 병을 고치지 못했다.

그래서 팬드래건 백작가의 가주인 알타이르는 제국 전역에 공고를 냈다.

자신의 딸을 치료해 주는 자에게 가문에서 큰 보상을 내리겠다고.

그리고 그 일은 이 세계에서도 마찬가지인 모양이었다.

아니 오히려 게임에서는 잘 알려지지 않은 일화였지만, 현실이 된 지금 이 세계에서는 제법 유명했다.

"그 말 정말인가?"

"네."

한 치의 망설임도 없이 고개를 끄덕이며 대답하는 나이젤의 모습에 브로드는 믿기지 않는 표정을 지었다.

"엘릭서를 구할 수 있다니……."

만능 포션 엘릭서.

엘릭서를 구하는 건 매우 어렵다.

트리플 킹덤 게임에서도 보기 힘들 정도로 희귀한 약이었고, 전설 속에서나 등장하는 포션이었으니까.

돈 주고도 구하기 힘든 엘릭서를 대체 어디서 구한단 말인가?

그것도 변경 영지의 일개 백부장이?

'엘릭서라면 아이리의 병을 고칠 수 있어.'

나이젤은 속으로 미소를 지었다.

이미 트리플 킹덤 게임을 플레이해 본 진현은 알고 있었다.

엘릭서라면 아이리의 병을 고칠 수 있다는 사실을.

그리고 게임대로라면 브로드는 결국 여동생을 구하지 못한다.

브리타니아 왕국을 건국하고 발생한 이벤트 장면에서 이미 아이리가 군웅할거 시대 때 병사했다고 나오니까.

만약 모든 병을 치유할 수 있는 만능 포션 엘릭서가 있었다면 아이리를 구할 수 있었을 거라고 브로드는 한탄하며 슬퍼한다.

그 사실을 알고 있었기에 나이젤은 브로드에게 엘릭서를 구해주겠다고 말한 것이다.

"정말 엘릭서를 구할 수 있다면… 원하는 건 무엇인가요?"

그때 브로드 옆에서 멜리오나가 살짝 굳은 표정으로 입을 열었다.

"멜리오나?"

그러자 브로드와 다른 일행들이 의아한 표정으로 그녀를 바라봤다.

정말 엘릭서를 구할 수 있다는 말을 믿을 수 있냐고.

그 시선의 뜻을 알아본 그녀는 고개를 끄덕였다.

"허언을 하실 분은 아니니까요. 그렇지 않나요?"

"네."

이번엔 자신에게로 화살이 향하자 나이젤은 쓴웃음을 지으며 답했다.

"그럼 나이젤 백부장님이 원하시는 건 무엇인가요?"

멜리오나는 꽤나 직설적으로 물었다.

지금 그녀에게는 나이젤이 엘릭서를 구할 수 있느냐 없느냐는 중요하지 않았다.

나이젤이 구해 올 수 있다고 말했으니 믿을 뿐이었다.

다만, 지금 여기서 엘릭서를 구할 수 있다고 이야기를 꺼낸 이유가 있을 터.

즉. 눈앞에 있는 청년이 팬드래건 백작가에 무엇을 원하고 있는지 파악할 생각이었다.

"제가 원하는 건 저희 노팅힐 영지와 동맹을 맺었으면 하는 일입니다."

"동맹이라고?"

나이젤의 말에 브로드는 놀란 표정을 지었다.

설마 동맹을 맺어달라고 할 줄이야.

브로드의 입가에 즐거운 미소가 지어졌다.

"재미있군. 그러니까 내 수하가 되는 건 싫고 동맹은 맺고 싶다는 말인가?"

"예?"

'어? 이게 그렇게 되나?'

나이젤은 어리둥절한 표정을 지었다.

확실히 듣고 보니 그랬다.

하지만 노팅힐 영지에서 벗어날 수 없는 나이젤로서는 어쩔 수 없는 절충안이었다.

"물론 브로드 님의 가신이 되는 것도 좋다고 생각합니다. 하지만 저도 먹여 살릴 입들이 많아서요."

노팅힐 영지에서 놔두고 온 수하들의 모습을 떠올린 나이젤은 고개를 절레절레 흔들었다.

자신이 없으면 그 녀석들은 대체 어떻게 될까?

밥은 먹고 다닐 수 있을지 걱정이 앞섰다.

"뭐, 좋아. 네가 정말 엘릭서를 구해 올 수 있다면 팬드래건 가문과 노팅힐 영지가 동맹을 맺도록 내가 밀어주겠다. 단!"

브로드는 잠깐 말을 끊었다.

그리고 부리부리한 눈으로 나이젤을 바라보며 말을 이었다.

"앞으로 한 달. 한 달 안에 엘릭서를 구해 오지 못하면 내 부하가 되어라."

여전히 브로드는 나이젤을 포기하지 않았다.

어떻게든 자신의 수하로 삼고 싶은 모양.

"좋습니다."

나이젤은 흔쾌히 수락했다.

엘릭서를 구할 방법과 수단이라면 이미 알고 있었으니까.

하지만 문제가 하나 있었다.

"다만 기간은 늘려주십시오. 아무리 저라고 해도 한 달 만에 엘릭서를 구할 수는 없거든요."

"그런가? 그럼 언제까지 늘려주면 되지?"

"세 달 정도 말미를 주십시오."

"세 달이라……."

브로드는 생각에 잠기는 눈치였다.

'사실 한 달 반 정도면 충분하지만.'

지금부터라도 엘릭서를 구할 준비를 하고 팬드래건 영지까지 가는 데 한 달 반 정도면 충분했다.

하지만 한 달 후에는 2차 웨이브가 시작된다.

그러니 그 전에 노팅힐 영지로 돌아가야 하기에 팬드래건 영지까지 갔다 올 여력이 되지 않았다.

거기다 인재들을 모으는 일도 멈출 수 없었다.

'그리고 시기적으로 봐도 엘릭서를 구하려면 한 달은 지나야 돼.'

거기다 현시점에서 한 달은 지나야 엘릭서를 구할 방법이 생긴다.

즉, 우선적으로 2차 웨이브를 막아야 된다는 소리다.

그러니 그 전까진 엘릭서를 구하기 위한 사전 준비만 해두어도 충분했다.

그래도 혹시 몰라 넉넉잡고 세 달을 부른 것이다.

"알겠다. 그럼 기한은 세 달을 주도록 하지. 그 안에 엘릭서를 구해 온다면 노팅힐 영지와 동맹을 맺어주겠다. 하지만 세 달이 지난다면 내 수하가 되는 걸로 알고 있겠다."

"알겠습니다."

나이젤은 고개를 끄덕이며 브로드의 조건을 수락했다.

하지만 이대로라면 위험 부담이 있었다.

'최악의 경우도 생각해 두어야겠지.'

현재 이 세계에서 나이젤의 인생 난이도는 불가능(신화)급이다.

에픽 미션 난이도 때문에 나이젤이 하는 일이 생각대로 잘 풀린다고는 할 수 없었다.

그렇기에 만에 하나 엘릭서를 구하지 못하는 경우가 생길 수 있었다.

그럴 경우 단순히 브로드의 수하가 되는 걸로 끝나지 않는다.

소속이 바뀌어져 버리기 때문에 페널티로 인해 사망할 가능성이 있었기 때문이다.

'이런 걸 보면 게임 같단 말이야.'

나이젤은 속으로 혀를 찼다.

대체 이 세계는 어떻게 되어먹은 건지.

어쨌든 이대로는 위험했다.

그래서 보험을 드는 한편 자신에게 이익이 될 만한 제안을 한 가지 더 할 생각이었다.

"브로드 님, 그 전에 부탁드리고 싶은 게 있습니다."

"부탁이라고?"

나이젤의 말에 브로드는 흥미로운 표정을 지었다.

그런 그에게 나이젤은 작은 미소를 지으며 말했다.

"저희 영지에 와주시지 않겠습니까?"

"노팅힐 영지에 와달라고?"

브로드는 고개를 갸웃거렸다.

"왜?"

"브로드 님도 아시겠지만 최근 정체를 알 수 없는 마수들이 나타나고 있습니다. 당장 우드빌 영지만 봐도 알 수 있지요. 실은 저희 영지도 습격을 받았습니다. 다행히 막아낼 수는 있었지만 언제 또 공격이 올지 알 수 없는 상황입니다. 해서……."

"우리들의 힘이 필요하다는 말인가?"

"네."

나이젤은 자신의 목적을 숨기지 않고 말했다.

그냥 초대한다는 식으로 노팅힐 영지에 오게 만들어서 한 달 뒤에 있을 2차 웨이브 때 도움을 받는다는 수도 있었다.

하지만 그랬다간 자신이 브로드를 속였다고 생각할지도 몰랐다.

'멜리오나 윈필드. 현재 지력이 90은 되는 인물이니 그 정도는 충분히 눈치챌 수 있겠지.'

멜리오나의 지력 한계치는 96이며, 현재 수치는 91이었다.

최대치는 아니었지만 현재 수치만 해도 천재라고 해도 부족함이 없었다.

그녀라면 자신의 속셈을 알아챌 위험성이 있는 데다가, 기껏 자신을 좋게 봐주고 있는 브로드에게 실망감을 줘봤자 좋을 게 없으니까.

그리고 진짜 속셈은 따로 있었다.

"만약 저희 영지를 도와준다면 제가 엘릭서를 구해 오지 못했을 시, 노팅힐 영지와 함께 브로드 님 밑으로 들어가 가신이 되어드리겠습니다."

"호오?"

브로드는 흥미로운 표정을 지었다.

나이젤뿐만이 아니라, 비록 변경 영지이긴 하지만 노팅힐 영지까지 손에 넣을 수 있다?

나쁜 이야기는 아니었다.

그리고 나이젤에게도 좋은 일이었다.

어차피 노팅힐 영지에서 소속을 변경할 수 없는 상황.

그렇다면 아예 노팅힐 영지째로 브로드 밑으로 들어가면 될 일 아닌가?

그렇게 함으로써 불가능(신화) 난이도의 페널티를 피할 수 있었다.

이른바 꼼수였다.

요컨대, 나이젤이 노팅힐 영지를 버리지만 않으면 되는 일이었으니까.

"나이젤 백부장님, 그건 다리안 노팅힐 남작님께서도 동의하시는 일인가요?"

그때 멜리오나가 날카롭게 지적해 왔다.

엘릭서를 구하지 못했을 때, 노팅힐 영지와 함께 브로드 밑으로 들어가겠다는 말은 나이젤의 독단이었다.

노팅힐 영지의 주인은 엄밀히 말하면 다리안 영주이며, 일개 백부장이 마음대로 결정할 수 있는 일이 아니었다.

하지만.

"괜찮습니다. 제가 다리안 영주님에게 동의를 얻어낼 수 있으니까요."

만약 정말 그런 상황이 온다면 다리안 영주뿐만이 아니라, 가리안 백부장을 시작으로 해리와 루크 등등 전부 설득할 자신이 있었다.

그뿐만이 아니다.

'걸려들었군.'

나이젤은 속으로 피식 웃었다.

확실히 멜리오나의 지적은 타당했지만 방향성이 잘못되었다.

'노팅힐 같은 변경 영지가 팬드래건 백작가의 소속이 되는 건 더할 나위 없이 좋은 일이지.'

나이젤이 노팅힐 영지를 가지고 팬드래건 백작가의 가신이 된다는 말은 흡수합병이 된다는 소리가 아니다.

기존 노팅힐 영지의 시스템을 그대로 유지하면서 팬드래건 백작가의 가호를 받을 수 있게 된다는 소리였다.

즉, 팬드래건 백작가가 노팅힐 영지의 뒤를 봐주고, 노팅힐 영지는 세금이나 기타 물자를 내주면 되는 일이었다.

'나쁘지 않아.'

어차피 지금까지 노팅힐 영지는 우유부단한 다리안 영주의 성격 때문에 다른 영주들에게 물자를 뜯겨왔다.

하지만 앞으로 팬드래건 백작가가 노팅힐 영지의 뒤를 지켜주면 그런 일은 없어지게 될 것이다.

또한, 다른 영주들에게 뜯긴 물자만큼 팬드래건 백작가에게 세금을 내면 될 터.

물론 그 부분에 관해서는 좀 더 논의를 하겠지만, 최대한 편의를 받아낼 생각이었다.

현재 나이젤이 가지고 있는 정보라면 충분히 가능하니까.

그리고 앞으로 시작될 몬스터 웨이브 때마다 팬드래건 백작가의 도움을 받을 수도 있었다.

이래저래 노팅힐 영지 입장에서도 나쁘지 않은 조건.

그렇기에 멜리오나의 지적은 날카로웠지만 방향성이 잘못되었다.

하지만.

'물론, 진짜 그럴 생각은 없지만.'

나이젤의 목적은 노팅힐 영지의 부국강병이었다.

거기다 지금까지 조금이지만 고생해서 인재들을 모으고, 성채 도시를 강화시켰다.

노팅힐 영지를 간단히 브로드에게 갖다 바칠 생각은 없었다.

3개월.

그 안에 어떻게든 엘릭서를 구해서 갖다줄 생각이었다.

'없으면 만들어서라도 가져다주지.'

그렇게 생각하며 나이젤은 브로드를 향해 입을 열었다.

"그럼 저희 영지에 와주시겠습니까?"

이제 남은 건, 브로드의 대답에 달렸다.

"그러지. 마수 놈들에게 사람들이 죽는 건 보기 싫으니까."

의외로 브로드는 간단히 나이젤의 제안을 받아들여 주었다.

"하지만 약속은 꼭 지키길 바란다. 3개월 안에 엘릭서를 가져오지 못하면 노팅힐 영지와 너는 내 것이다."

"예."

브로드의 말에 나이젤은 고개를 끄덕이며 답했다.

그러자 옆에서 가만히 이야기를 듣고 있던 멜리오나가 다시 입을 열었다.

"그럼 구체적인 협상을 하도록 할까요? 계약서를 써야 하니까."

"네. 그럼 저야 좋죠."

계약서 작성은 나이젤에게도 좋은 일이었다.

어느 쪽이든 나이젤이나 노팅힐 영지가 손해를 보는 건 아니었으니까.

그때 나이젤의 시야에 시스템 메시지가 떠올랐다.

[서브 미션이 발생하였습니다.]

[서브 미션: 아이리를 구하라!]

당신은 팬드래건 백작가의 후계자 브로드와 계약을 맺었습니다.

아이리 팬드래건을 구하기 위해 엘릭서를 구하십시오.

난이도: A.

진행 사항: 엘릭서(0/1).

남은 기간: 90일.

성공 보상: 팬드래건 백작가의 전폭적인 후원과 동맹. 전공 포인트 27,000.

실패 시: 당신은 노팅힐 영지와 함께 브로드 팬드래건의 가신이 됩니다.

아무래도 브로드와 계약을 맺게 됨으로써 시스템상 서브 미션이 발생한 모양.

'보상이 좀 센데?'

계약서를 작성하면서 틈틈이 서브 미션 정보를 확인한 나이젤은 속으로 만족스러운 미소를 지었다.

역시 전설의 만능 포션, 엘릭서다웠다.

구하기가 어렵다 보니 난이도가 무려 A랭크였고, 보상으로 주는 전공 포인트도 상당히 높았다.

특히 난이도가 높아지면서 보상도 가파르게 올랐다.

미션 난이도 C의 보상이 3,000인데 반해 A는 무려 27,000이었으니까.

'난이도 B이상은 그만큼 미션을 클리어하기가 어렵긴 하지.'

당장 난이도 B만 되어도 C의 3배인 전공 포인트 9,000을 지급하며, A는 그보다 3배였다.

그래서 미션 A급 난이도의 보상 전공 포인트가 27,000이었던 것이다.

"이걸로 끝이군요."

계약서 작성은 오래 걸리지 않았다.

이미 이야기가 다 끝나고 확인만 하면 되는 수준이었으니까.

세부적으로 이야기할 건 그다지 없었고, 조건도 좋았다.

나이젤이 엘릭서를 구하지 못했을 시, 노팅힐 영지에서 얼마나 세금을 거둬들일지는 나이젤에게 맡기겠다고 했으니 말이다.

'노팅힐 영지 쪽은 기대하고 있지 않다는 거겠지.'

나이젤의 생각대로 브로드를 비롯한 일행들은 노팅힐 영지에 관심이 없어 보였다.

그리고 브로드가 가장 원하는 건 다름 아닌 나이젤이었다.

나이젤이 수하로 와준다면 노팅힐 영지는 있으면 좋고, 없어도 상관없었다.

'뭐, 직접 본 후에는 생각이 달라지겠지만.'

나이젤은 속으로 미소를 지었다.

현재 노팅힐 영지의 성채 도시는 거의 요새화가 되어 변경 지역의 중요한 요충지가 되어가고 있는 중이었으니까.

"그러고 보니 누굴 만나러 온다고 하지 않았나?"

계약서 작성을 완료한 후 브로드는 나이젤을 바라봤다.

나이젤이 누굴 만나기 위해 이곳에 왔다는 말을 뒤늦게 떠올린 것이다.

"예."

브로드의 말에 나이젤은 시선을 옮겼다. 그곳에 지금까지 계속 쥐 죽은 듯이 조용히 있던 다니엘이 어색한 미소를 짓고 있었다.

"생각은 해보셨습니까?"

나이젤은 다니엘을 향해 미소를 지으며 말했다.

"예……."

다니엘은 말꼬리를 흐리며 브로드 일행들의 눈치를 살폈다.

아무래도 브로드 일행들 때문에 부담스러운 모양이었다.

"다니엘 경에게 용무가 있었나?"

"예. 어제 중요한 제안을 하나 했거든요."

"제안이라고? 어떤 제안인지 물어봐도 되나?"

브로드는 흥미로운 표정으로 나이젤을 바라봤다.

"예. 물론이죠. 다니엘 경에게 제가 있는 노팅힐 영지로 와달라고 부탁했습니다. 여러분들도 알고 계신 것처럼 바론 영주님이 가신들과 함께 우드빌 영지를 버렸으니까요."

본래 나이젤의 목적은 다니엘을 영입하는 일이었다.

그래서 하루 정도 시간을 주고 오늘 다니엘의 대답을 듣기 위해 왔다가 생각지도 못한 봉변을 당했다.

브로드 일행과 만나게 된 것이다.

'결과적으로는 좋은 일이었지만⋯⋯.'

하지만 만약 브로드가 다니엘을 노리고 있다면?

그리 좋은 일은 아니었다.

"다니엘 경을 영입할 생각이었다고?"

나이젤의 말에 브로드를 비롯한 일행들의 눈이 커졌다.

미처 생각하지 못했다는 반응이었다.

"그, 그렇네요. 바론 남작이 영지를 버렸으니 다니엘 경이 그에게 충성할 의리는 없으니까요."

뒤늦게 멜리오나는 아쉬운 표정을 지었다.

그녀는 다니엘이 우드빌 영지 소속의 기사라고 철석같이 믿고 있었던 탓에 영입을 하겠다는 생각을 하지 못했다.

그건 브로드도 마찬가지.

왜냐하면⋯⋯.

'나이젤을 끌어들일 생각만 했지, 다니엘 경까지는 미처 생각하지 못했군.'

나이젤의 임팩트가 너무 컸기 때문이다.

바론 남작이 영지를 버리고 도망친 것과 마수들의 습격에 관한 이야기를 듣기 위해 성채 도시에서 유일하게 남아 있던 기사인 다니엘을 찾아왔다.

그런데 다니엘이 어제 있었던 마수들과의 전투 이야기를 하면서 나이젤을 칭찬하며 치켜세웠다.

나이젤이 없었으면 성채 도시가 굉장히 위험해졌을 거라고 하면서.

그 결과 브로드 일행들은 다니엘보다 나이젤에게 더 신경 쓰게 된 것이다.

"그래서 다니엘 경, 결정은 내렸나?"

브로드는 눈빛이 반짝이며 다니엘을 바라봤다. 인재 욕심이라면 브로드도 있었다.

지금은 비록 나이젤에게 한 수 뒤처졌지만 그렇다고 아직 늦었다고 생각하지 않았다.

다니엘이 나이젤을 거부한다면 얼마든지 팬드래건 백작가에 받아들일 용의가 있었으니까.

"저는……."

이윽고 다니엘의 입이 열리기 시작했다. 그러자 다니엘의 입에 나이젤과 브로드를 비롯한 일행들의 시선이 집중되었다.

"나이젤 경을 따를 생각입니다."

지난 하룻밤 동안 곰곰이 생각한 결과였다.

나이젤 덕분에 성채 도시 우드빌을 지킬 수 있었고, 무엇보다 브로드 팬드래건이 인정하고 영입을 하고 싶어 한 인물이었다.

그리고 다니엘에게 있어서 나이젤은 믿을 수 있는 은인이기도 했다.

[축하합니다! 당신은 영웅(A)급 무장 다니엘 크라이튼을 영입하셨습니다!]
[보상으로 명성이 100 상승하고 전공 포인트 27,000을 지급받습니다.]

'좋아.'
나이젤은 속으로 만족스러운 미소를 지었다.
다니엘 영입을 성공했을 뿐만이 아니라 명성과 전공 포인트까지 추가적으로 늘어난 것이다.
다만, 같은 영웅급 무장인 아리아를 영입했을 때는 최초로 영웅급 무장을 영입하였기에 정치력과 매력이 소폭 상승했었다.
하지만 이번에는 최초 영입이 아니라서 명성만 소폭 오르고 능력치는 오르지 않았다.
'아쉽지만 어쩔 수 없지.'
현재 능력치를 올리려면 꾸준하게 노력해야 했다.
가령 지력을 올리고 싶으면, 책을 보면서 공부를 하든가 혹은 머리를 쓰는 일과 관련된, 누구나 인정할 만한 큰 업적을 세우든가 해야 했다.
특히 능력치가 한계치에 가까워질수록 상승시키는 건 어려웠다.
"아쉽군."
브로드는 아쉬운 표정을 지었다.

나이젤만큼은 아니었지만, 바론 남작이 도망가는 상황에서 홀로 남아 병사들을 다독이며 우드빌 성채 도시를 지킨 다니엘도 마음에 들었으니까.

"도움이 필요하면 언제든지 말하게."

브로드는 다니엘의 어깨를 두드리며 말했다.

그러자 다니엘이 눈빛을 반짝였다.

"그럼 지금 당장 저희를 도와주실 수 있겠습니까?"

"음?"

생각지도 못하게 바로 도와달라는 다니엘의 말에 브로드는 흠칫거렸다.

*   *   *

성채 도시 우드빌의 상황은 좋지 않았다. 다른 영지들에 비해 가장 외곽에 위치해 있는 탓에 몬스터 플러드의 영향이 컸기 때문이다.

그래서 나이젤은 다니엘에게 제안했었다.

우드빌을 포기해야 한다고.

물론 쉬운 일은 아니었다.

당장 시민들이 반발하며 말을 듣지 않을 테니까.

그 때문에 다니엘이 필요했다.

그의 말이라면 시민들이 무시하지 않을 테니 말이다.

그뿐만이 아니다.

어느 정도 나이젤의 말을 시민들도 듣게 되었다.

왜냐하면.

"앤트 슬레이어다!"

"앤트 슬레이어 만세!"

"와아아아아!"

성채 도시 우드빌에서 나이젤은 영웅이 되어 있었으니까.

'으아아아아!'

거리에서 들려오는 사람들의 환호성에 나이젤은 얼굴에서 열이 났다.

앤트 슬레이어라니!

개미 학살자라니!

오전에 다니엘의 집무실에서 볼일을 끝내고, 카테리나와 함께 잠시 성채 도시 거리를 돌아다니던 중 이런 봉변을 당하고 있었다.

대체 언제, 어디서, 어떻게 앤트 슬레이어라는 낯 뜨거운 칭호가 성채 도시에 퍼진 것일까?

불가사의한 일이 아닐 수 없었다.

"저분이 에이미 님이 말씀하신 앤트 슬레이어래!"

"개미 학살자!"

'범인은 너였나.'

에이미 아스톤.

잊지 않겠다.

나이젤은 앤트 슬레이어라는 칭호를 마을에 퍼뜨린 에이미를 기억해 뒀다.

"인기가 많으시네요."

나이젤 옆에서 작고 귀여운 알비나를 가슴에 안고 나란히 걷고 있던 카테리나가 웃으며 말했다.

"리나, 너마저 그러지 마라."

나이젤은 고개를 절레절레 흔들었다.

우드빌 성채 도시에서 나이젤의 명성은 상당했다.

특히 어처구니가 없는 점은 앤트 슬레이어라는 칭호가 붙으면서 더욱 유명해졌다는 사실이었다.

덕분에 손발이 오그라들었지만, 나이젤의 계획은 착착 진행되어 갔다.

"생각보다 많은 사람들이 노팅힐 영지로 올 것 같네."

"그럼 좋은 일 아닌가요?"

"좋은 일 맞아."

나이젤은 고개를 끄덕였다.

이미 어제 하루 성채 도시를 돌면서 나이젤과 카테리나는 대장장이들이나 목수들, 상인들 등 영지 발전에 도움이 될 기술을 가진 자들에게 말을 걸며 돌아다녔다.

그 결과 제법 괜찮은 성과를 올렸다.

쓸 만한 기술자들을 포섭하는 데 성공한 것이다.

거기다 이제 우드빌 성채 도시 사람들이 노팅힐 영지로 오면 그만큼 인재 풀이 커질 터.

노팅힐 성채 도시는 규모에 비해 인구수가 적은 편이었다.

그런데 이번 기회에 인구를 늘릴 찬스가 온 것이다.

"문제는 나머지 사람들이지."

"노팅힐 영지로는 전부 다 받을 수 없죠?"

"웅. 아무래도 그건 무리지. 우리 영지보다 인구가 조금 더 많은데 어떻게 그걸 다 받아.

나이젤은 손사래를 쳤다.

노팅힐 영지가 받을 수 있는 인원수는 제한적일 수밖에 없었다.

많아봐야 1천 명이 조금 넘을까.

우드빌 성채 도시의 인구수 1만 명에 가까운 숫자와 비교하면 10분의 1 수준이었다.

그래서 다니엘은 도움을 요청했다.

다름 아닌 브로드 팬드래건에게.

"팬드래건 가문에서 도와주기로 했으니 괜찮겠지."

팬드래건 영지라면 나머지 우드빌 성채 도시 사람들을 도와줄 수 있을 것이다. 영지 자체 규모도 큰 데다가, 제법 큰 마을들이 많이 몰려 있었으니까.

그리고 팬드래건 영지 주변은 비교적 안전하고 규모가 큰 다른 영지들도 가까이 있었기에 그쪽으로 일부를 보내도 되었다.

다만 걱정되는 건 대규모 인원의 이동이었다.

약 1만 명에 가까운 사람들을 이동시켜야 했다.

그들을 전부 이동시키려면 시간이 오래 걸리고 중간에 도적이나 몬스터들의 습격에도 대비해야 할 터.

그 때문에 팬드래건 영지와 노팅힐 영지에서 영지군을 파견하기로 했으며, 우드빌 영지군과 다니엘도 있으니 어떻게든 할 수 있을 것이다.

'식량 문제도 있긴 하다만.'

그런 골치 아픈 일들은 전부 전문가들에게 맡길 생각이었다.

당장 노팅힐 영지에서는 해리와 루크, 그리고 최근에 크림슨 용병단의 군사였던 아세라드까지 붙어 있지 않은가?

거기다 노팅힐 영지에서만 모든 일들을 부담하는 건 아니었다.

지금 시점에도 팬드래건 영지에는 내정을 비롯한 다양한 분야의 인재들이 많이 있었다.

그들이라면 충분히 해낼 수 있을 것이다.

'어쨌든 한 달 안에 우리 영지에 오도록 해야 돼.'

2차 웨이브가 시작되기 전, 노팅힐 성채 도시에 도착하는 게 가장 베스트였다. 늦어지면 2차 웨이브에 나올 마수들과 맞닥뜨릴 위험성이 있었으니까.

그리고 노팅힐 영지에서는 다니엘이 인솔을 맡을 예정이었고, 팬드래건 영지에서는 브로드가 인솔할 예정이었다.

팬드래건 영지 쪽은 알아서 할 테니 걱정이 없었다.

하지만 노팅힐 영지 쪽은 나이젤이 관리할 필요가 있었다.

그렇다면.

'계획을 앞당겨야겠어.'

*　　　　　*　　　　　*

다음 날.

나이젤과 다니엘은 본격적으로 움직이며 우드빌 성채 도시를 떠나야 한다고 시민들에게 알렸다.

예상대로 반발하는 시민들이 많았지만 나이젤과 다니엘, 거기에 브로드 팬드래건까지 동조하며 그들을 설득했다.

어제 브로드 일행에게 우드빌 성채 도시를 떠나야 한다고 설득한 뒤였기에 군말 없이 도와준 것이다.

덕분에 시민들은 조금씩 나이젤과 다니엘의 말을 믿어주기 시작했다.

지금까지 살아왔던 고향을 떠나야 한다는 사실에 불안해하는 사람들도 많았지만 어쩔 수 없는 일이었다.

앞으로 또 언제 카오스 몬스터들이 쳐들어올지 알 수 없었으니까.

'이제 뒤처리는 브로드와 다니엘에게 맡겨두면 되겠지.'

현재 브로드는 팬드래건 영지로 데려갈 우드빌 시민들을 챙기느라 정신이 없었다.

그리고 나이젤이 포섭한 인물들과 노팅힐 영지로 올 시민들은 다니엘이 챙겨서 데리고 올 예정이었다.

"벌써 가실 생각입니까?"

우드빌 성채 도시 뒷문 앞.

그곳에 다니엘이 따라와 나이젤을 붙잡았으며 말했다.

"아직 할 일이 있어서요. 저도 한 달 안에 노팅힐 영지로 돌아갈 예정이니 그때 보겠습니다."

"중요한 일인가 보군요."

다니엘은 아쉬운 모양이었다.

그의 늑대 귀와 꼬리가 힘을 잃고 축 처져 있었으니까.

"죄송합니다. 꼭 해야 되는 일이라."

나이젤은 미안한 표정을 지었다.

나이젤 또한 다니엘과 함께 우드빌 성채 도시에 남아 시민들을 데리고 노팅힐 영지로 돌아가고 싶었다.

하지만 달리 할 일이 있었다.

'월버 영지에 가야 돼.'

월버 영지는 우드빌 영지와 마찬가지로 동부 변경 지역에서 꽤 외곽에 위치한 장소였다.

현재 정확한 상황은 알 수 없었지만, 아마 카오스 몬스터들에게 공격받고 있을 공산이 컸다.

그리고 성채 도시 우드빌처럼 월버 영지의 재야에 묻혀 있는 인재들을 찾고, 영지 경계선에서 얻어야 할 게 있었다. 그 때문에 다니엘과 함께할 수 없었다.

"알겠습니다. 그럼 그때 보도록 하지요. 카테리나 님도 조심해서 돌아가십시오."

"네. 다니엘 님도 무사히 저희 영지에 오기를 바랄게요."

카테리나는 메이드 드레스의 끝자락을 살짝 들어 올리며 답했다.

"다니엘 경, 다시 한번 당부하지만 한 달이 지나기 전에 노팅힐 영지로 꼭 와주셔야 합니다."

"네. 맡겨주십시오."

걱정스러운 나이젤의 말에 다니엘은 자신감이 넘치는 표정을 지으며 늑대 꼬리를 좌우로 흔들었다.

"일을 빨리 마치면 마중하러 나가겠습니다. 그럼 그때 보도록 하죠."

그 말을 끝으로 나이젤은 카테리나와 함께 월버 영지로 향했다.

*   *   *

우드빌 성채 도시를 떠난 나이젤은 카테리나와 함께 말을 타고 영지 경계선을 향해 가고 있었다.

그사이 영지 미션들을 확인했다.

[영지 미션 영지군의 진행 사항이 갱신되었습니다.]

진행사항(1): 병사(192/200).

진행사항(2): 무관(4/5). 문관(2/5).

'문관이 적네.'

현재 나이젤이 진행 중인 영지 미션은 총 세 개였다.

[성벽 유지 보수.]

[내정 부서 설립.]

[영지군 병사 늘리기.]

그중 영지군 미션은 문관을 제외한 진행 사항이 거의 다 채워져 가고 있었다. 현재 노팅힐 영지군의 무관은 얼마 전 영입한 다니엘을 비롯한 가리안, 카테리나, 아리아 총 네 명이었다.

앞으로 한 명이 남은 상황.

문관은 해리와 루크였다.

그리고 그들 밑에서 열심히 움직이고 있는 관료직들이 있었지만 유감스럽게도 문관으로 카운트되지는 않았다.

나이젤이 직접 등용하고 해리와 루크처럼 영지 운영을 핵심적으로 해야 했으니까.

'병사들은 곧 다 채워지겠고.'

노팅힐 영지군 병사들은 꾸준히 모집 중이었기에 무려 200명을 향해 다가가고 있었다.

우드빌 시민들까지 받아들이면 병사들을 좀 더 뽑을 수 있을 것이다.

물론 그로 인해 들어가는 영지군 예산이 더 커질 테지만.

'예산은 아세라드가 도와주겠지.'

그 때문에 노팅힐 영지 자체 상단을 만들어서 아세라드에게 도와달라고 한 것이니까.

"나이젤 님, 정말 월버 영지에 가실 생각인가요?"

그때 카테리나가 말을 걸어왔다.

고개를 돌려 옆을 보자 말 위에서 그녀는 어두운 표정을 짓고 있었다.

"왜? 걱정돼?"

"그건… 아니에요."

카테리나는 고개를 흔들었다.

하지만 월버 영지가 가까워져 오자 걱정이 되는 모양이었다. 그곳에는 개망나니 같은 저스틴이 있었으니까.

"걱정하지 마. 내가 옆에 있어줄 테니까."

"네, 네."

나이젤의 말에 카테리나는 고개를 푹 숙였다. 얼굴에 열이 올랐기 때문이다.

뀨?

그러자 하얀 털을 가진 알비나가 카테리나의 그림자 속에서 튀어나오더니 얼굴을 부벼왔다.

주인의 감정을 느낀 것이다.

어깨 위에서 얼굴을 비비고 있는 알비나의 머리를 카테리나는 손으로 부드럽게 쓰다듬어 주었다.

"그리고 윌버 영지에 가기 전에 한 군데 들를 곳이 있어."

"들를 곳이요?"

"어."

카테리나의 반문에 나이젤은 주변을 둘러봤다.

'분명 이 근처였을 텐데.'

어느덧 나이젤은 우드빌과 윌버 영지의 경계선에 도착해 있었다.

영지 경계선에 펼쳐져 있는 넓은 숲.

바로 이 드넓은 숲속에 나이젤이 얻어야 할 게 존재했다.

하지만 역시 모니터 화면 너머로 볼 때와 실제로 보는 건 너무나 달랐다.

'찾는 데 또 시간이 걸리겠군.'

아무래도 지금 가고 있는 길이 아닌 숲 안쪽으로 더 들어가 봐야 할 것 같았다.

하지만.

푸히히히힝!

돌연 나이젤과 카테리나가 타고 있던 말들이 발걸음을 멈추며 괴성을 질렀다.

"워워!"

나이젤은 재빨리 말을 진정시켰다.

아무래도 여기까지인 모양이었다.

"나이젤 님, 설마 그린우드 숲속으로 들어가실 생각인가요?"

나이젤과 마찬가지로 말을 진정시킨 카테리나는 놀란 표정으로 말했다.

월버와 우드빌 영지 경계선에 존재하는 거대한 숲, 그린우드.

월버와 우드빌 영지를 이어주는 그린우드 숲길은 그나마 안전한 편이었다.

하지만 거대한 나무들이 솟아 있는 그린우드의 깊은 숲속은 마경이나 다름없었다.

왜냐하면 기간테스 산맥과 이어져 있었으니까.

깊은 숲속에는 기간테스 산맥과 마찬가지로 마물들이 살고 있었다.

"응. 들어갈 거야."

나이젤은 숲 안쪽을 바라보며 고개를 끄덕였다.

아무래도 자신이 찾는 건 숲 안에 있는 것 같았으니까.

그러자 카테리나는 두 손을 꽉 움켜쥐며 부들부들 몸을 떨었다.

"나이젤 님은 언제나 그렇네요."

"응? 뭐가?"

카테리나의 말에 나이젤은 의아한 표정으로 반문했다.

"왜 그렇게 위험한 일만 하시려고 하나요? 다리안 영주님이나 다른 분들이 얼마나 걱정하고 계신지 알고 계시나요?"

카테리나는 나이젤을 향해 속사포처럼 말을 쏟아냈다.

나이젤이 또 누군가를 위해서 위험한 일을 하는 게 아닐까 생각한 것이다.

그리고 사실 우드빌 성채 도시에서 말은 안 했었지만 노심초사했었다.

나이젤 혼자 수많은 워킹 앤트들과 싸우고 마지막에는 무려 10미터나 되는 거대 마수를 쓰러뜨렸으니까.

그때는 상황이 위급했고 분위기에 휩쓸려 위험한 짓을 하려고 하는 나이젤을 막진 못했지만, 지금은 아니었다.

자신이 눈을 뻔히 뜨고 있는 지금 나이젤이 위험에 빠지는 모습은 두고 볼 생각이 없었다.

"아니, 내가 무슨 어린애도 아니고 걱정할 게 뭐가 있다고……."

"자꾸 다쳐서 오니까 그렇죠."

"……."

걱정스러운 카테리나의 말에 나이젤은 순간 말문이 막혔다.

틀린 말이 아니었기 때문이다.

사실 그랜드 앤트 퀸과의 싸움이 끝나고 나서 보니 크고 작은 상처가 생겨나 있었다.

뒤늦게 그 사실을 알게 된 카테리나는 이후 신경이 날카로워졌다.

노팅힐 영지를 떠나기 전 다리안 영주를 시작으로 해리와 딜런, 라그나 등등으로부터 나이젤이 위험한 짓을 하지 못하도록 잘 보고 있으라는 당부를 받았으니까.

그럼에도 나이젤이 다치는 걸 막지 못한 것이다.

"이제 위험한 일은 하지 마세요."

"알았어."

나이젤은 고개를 끄덕였다.

자신을 걱정해 주는 그녀에게 더 이상 무슨 말을 한단 말인가?

하지만 이대로 물러날 수는 없었다.

"그럼 다치지만 않으면 되지?"

"…네."

나이젤의 말에 잠시 생각한 카테리나는 고개를 끄덕였다.

요컨대, 다치지만 않으면 되는 일이었다.

"좋아. 그럼 내 뒤에서 따라와."

"예? 그린우드 숲에 들어가시게요?"

"어."

망설임도 없이 대답하는 나이젤의 말에 카테리나는 걱정이 앞섰다.

위험한 일은 하지 않겠다고 대답해 놓고는 바로 그린우드 숲 속으로 들어가겠다고 하니까.

"하, 하지만……."

"걱정하지 마. 우리면 충분하니까."

나이젤은 자신감이 넘치는 표정으로 카테리나를 바라봤다.

자신과 그녀라면 그린우드 숲을 공략하는 건 어렵지 않았다. 현재 카테리나의 무력은 70이 넘었으니까.

'역시 S급. 창을 잡은 지 얼마나 됐다고 벌써 무력 70이 넘을 줄이야.'

나이젤은 속으로 쓴웃음을 지었다.

지금 그녀는 영지군에서 수년간 검을 휘두르다가 깨달음을 얻고 무력 70을 찍은 딜런보다도 강했다.

이대로 가면 가까울 시일에 나이젤보다 더 강해질지도 몰랐다.

그만큼 카테리나의 성장 속도는 무서울 정도였으며, 어지간한 무장과 맞먹을 정도로 전투 센스도 좋았다.

물론 크림슨 용병단과 함께 한 달간 구르면서 전투 경험을 쌓고, 라그나가 창술을 가르쳐 준 게 컸지만.

불과 한 달 전과 비교하기가 미안할 정도로 강해진 카테리나였지만, 그린우드 숲을 위험하게 생각하고 있었다.

왜냐하면.

"들어가면 나올 수 없는 숲이라고 유명하잖아요. 위험한 몬스터들이 많이 있다고 하던데……."

그린우드 숲속에 대한 정보가 없었기 때문이다.

단지, 기간테스 산맥과 이어져 있으니 위험하다는 소문만 무성할 뿐이었다. 거기다 그린우드 숲을 지나면서 때때로 들려오는 괴성 때문에 소문이 과장되기도 했다.

"그린우드 숲속의 몬스터들은 생각보다 강하진 않아. 그리고 놈들에 대해서라면 잘 알고 있지."

나이젤은 미소를 지으며 잘못된 소문을 정정해 주었다.

그는 트리플 킹덤 게임을 플레이하면서 그린우드 숲을 여러 번 공략했었다. 덕분에 그린우드 숲에서 등장하는 몬스터들과 약점들을 속속들이 알고 있었다.

다만, 난이도가 문제였다.

불가능(신화) 난이도 때문에 그린우드 숲에 있는 몬스터들이 강화되어 있을 지도 몰랐다.

아니, 강화되어 있다고 생각해도 무방했다.

크림슨 용병단과 함께 노팅힐 영지 주변 몬스터들을 토벌했을 때도 나이젤이 알고 있는 정보보다 강했으니까.

하지만 설령 그렇다고 해도 걱정되지 않았다.

'전부 예상 범위 내야.'

그린우드 숲의 몬스터들은 기껏해야 3성에서 4성급으로 무력이 40에서 50 사이였다. 강해져 봤자 4성급을 벗어나진 못할 터.

그 정도면 충분히 대처할 수 있었다.

"내가 앞장설 테니 따라와라."

그린우드 숲 외곽에 말들을 풀어놓은 나이젤은 안쪽으로 발걸음을 옮기기 시작했다.

그러자 카테리나는 어쩔 수 없다는 표정을 지으며 뒤따랐다.

이 이상 나이젤을 말릴 수 없다는 사실을 깨달았으니까.

돌발 상황이 생기면 자신이 지켜줄 생각이었다.

그렇게 나이젤이 몇 발자국 앞으로 나간 순간.

삐이이이익!

정체불명의 괴성이 울려 퍼졌다.

"이 소리는……?"

나이젤은 흠칫 놀란 표정을 지었다.

고음에 가까운 날카로운 울음소리.

그린우드 숲속에서 이런 울음소리를 내는 마수는 한 종류뿐이었다.

쾅! 콰지직!

그뿐만이 아니라 나이젤이 있는 장소를 향해 무언가가 다가오는 소리가 들려왔다.

잠시 후, 나이젤과 카테리나의 눈앞에 몸길이만 3미터에 달하는 마수가 나타났다.

"아니, 이놈이 왜 여기서 나와?"

나이젤은 놀란 표정을 지었다.

그린우드 숲 가장자리에 있어서는 안 될 마수, 아니, 환수가 모습을 드러냈으니까.

Chapter

3

'그리폰이 왜 이곳에?'

나이젤은 놀란 표정을 지었다.

그린우드 숲의 나무를 부러뜨리면서 튕겨지듯 날아온 환수는 그리폰이었다.

본래라면 그린우드 숲의 깊은 안쪽에 있어야 할 존재.

보통 이런 숲의 외곽 지역까지 나오지 않는다.

문제는 그뿐만이 아니었다.

삐이이…….

여기저기에 상처를 입은 그리폰이 구슬픈 울음소리를 냈다.

이 또한 있을 수 없는 일이었다.

왜냐하면 그린우드 숲의 주인은 다름 아닌 그리폰이었으니까.

쿠허어어엉!

그때 그리폰이 날아온 방향에서 괴성이 들려왔다.

"와일드 혼?"

충각(衝角) 멧돼지, 와일드 혼.

그린우드 숲에 존재하는 4성급 몬스터다. 전체적인 모습은 일반 멧돼지와 다를 바 없지만 이마에 뿔이 나 있다는 점이 달랐다.

몸길이가 2미터에 어깨높이 또한 1미터 정도 되는 대형 멧돼지였다.

하지만.

'뭐가 이렇게 커?'

지금 나이젤의 눈앞에 나타난 와일드 혼은 좀 더 컸다.

몸길이만 3미터에 달했고, 어깨높이도 1.5미터 정도였으니까.

나이젤이 알고 있는 와일드 혼보다 약 1.5배 정도 더 컸다.

나이젤은 재빨리 와일드 혼의 정보창을 확인해 봤다.

[타락한 분노의 와일드 혼]

[등급] 4성 일반.

[능력치]

무력: 58. 통솔: 56.

지력: 32. 마력: 37.

[특기] 충각 돌진(B), 후각(C), 물기(C).

'타락한 분노의 와일드 혼이라니… 역시 난이도 때문인가?'

아무래도 그런 모양.

원래 무력도 50 초반인데, 정보창을 확인하니 50 후반이었다.

일반 와일드 혼보다 월등하게 강한 개체.

꾸어어엉!

그때 나이젤을 발견한 와일드 혼이 붉은 눈을 빛내며 우렁찬 괴성을 내질렀다.

흉포화되어 붉게 빛나는 눈이 예사롭지 않았으며 전신에 불길한 검붉은 기운이 흘러나오고 있었다.

"물러나 있어."

나이젤은 앞으로 나섰다.

대체 그린우드 숲에서 무슨 일이 벌어지고 있는 것일까?

상황을 봤을 때, 그리폰은 와일드 혼에게 공격을 받은 것 같았다.

평소라면 있을 수 없는 일이었다.

감히 와일드 혼 따위가 그리폰을 공격할 리 없었으니까.

"나이젤 님."

카테리나는 긴장한 표정으로 나이젤을 부르며 앞으로 나서려고 했다.

갑자기 그리폰과 타락한 분노의 와일드 혼 같은 덩치가 큰 몬스터가 나타났기 때문이다.

그래서 나이젤을 도우려고 했다.

"괜찮아. 내가 싸우는 법을 알려줄게. 보고 배워."

하지만 나이젤은 손을 들어 카테리나를 제지하며 와일드 혼을 바라봤다.

난이도 때문인지는 몰라도 강해져 있긴 하지만 상대가 와일드 혼인 이상 공략 방법이 없는 건 아니었다.

꾸웨에에엑!

탐색전을 끝냈는지 와일드 혼은 길게 포효를 내질렀다.

두두두두두!

그리고 무려 1미터에 가까운 뿔을 앞세우고 육중한 몸을 민첩하게 움직이며 나이젤을 향해 달려들기 시작했다.

와일드 혼의 B급 특기 충각 돌진이었다.

하지만.

무상신법(無上迅法).

보법(步法), 유운보(流雲步)!

스스슥.

돌진해 오는 와일드 혼 앞에서 나이젤은 유운보를 펼치며 옆으로 한 걸음 움직였다.

쾅!

그러자 와일드 혼은 나이젤 옆을 지나쳐 뒤쪽에 있던 큰 나무를 들이박으며 부러뜨렸다.

'위력 실화냐?'

그 모습을 본 나이젤은 혀를 내둘렀다. 어느 정도 예상은 하고 있었지만 돌진력이 어마어마했기 때문이다.

하지만 바로 그 점이 문제였다.

한번 돌진을 시작하면 방향 전환을 할 수 없었으니까.

"보다시피 와일드 혼의 공격은 직선적이야. 잘 보고 피하면 돼. 쉽지?"

"네."

나이젤의 말에 카테리나는 고개를 끄덕이며 긍정했다.

아마 이 모습을 딜런이 봤으면 입에 게거품을 물며 항의했을 것이다.

왜냐하면 방금 전 와일드 혼의 충각 돌진 속도는 화살보다도 더 빨랐으니까.

와일드 혼의 돌진을 피하는 일은 말처럼 간단하지 않았다

무공 스킬을 습득하고 있는 나이젤과 창술 재능 S급인 카테리나이기에 가능한 일이었다.

꿰에에에엑!

그사이 와일드 혼은 분노의 괴성을 지르며 지면을 다시 박찼다.

두두두두!

지면을 뒤흔들며 어마어마한 속도로 돌진해 오기 시작하는 와일드 혼.

그와 동시에 카테리나가 나이젤의 앞으로 달려 나가며 창대를 빙글빙글 돌렸다.

아다만타이트 합금으로 제작된 단단하기 짝이 없는 눈처럼 새하얀 설창, 스노우 화이트.

올라프의 역작 중 하나로 카테리나에게 어울리도록 미스릴도 조금 섞어 눈처럼 새하얀 창을 제작했다.

휙휙!

그리고 스노우 화이트가 공기를 가르며 휘둘러지자 카테리나 주위로 눈처럼 새하얀 궤적이 아름답게 허공에 그려졌다.

마치 설창이 살아 있는 것처럼 보일 지경이었다.

쾅!

이윽고 회전하던 스노우 화이트가 돌진해 오던 와일드 혼을 후려쳤다.

쿼에엑!

스노우 화이트 창날의 옆면에 후려쳐진 와일드 혼은 괴성을 지르며 왼쪽으로 튕겨져 카테리나의 옆을 스쳐 지나갔다.

'완력 무엇?'

나이젤은 잠시 어처구니없는 표정으로 카테리나를 바라봤다.

설마 창날의 옆면으로 3미터나 되는 와일드 혼을 후려쳐 날려 버릴 줄이야.

그것도 화살보다 빠르게 돌진해 오는 녀석을 말이다.

힘뿐만이 아니라 반사신경조차 카테리나는 한 달 전과 비교할 수 없었다.

그뿐만이 아니다.

자신의 옆을 스쳐 지나간 와일드 혼을 뒤쫓으며 추격타를 날린 것이다.

푹!

쿼엑!

카테리나의 설창에 다리가 꿰뚫린 와일드 혼은 고통스러운 신음과 같은 비명을 내지르며 지면을 구르듯 나뒹굴었다.

그 뒤를 카테리나가 따라붙으며 공중도약을 했다.

와일드 혼의 등 위까지 뛰어오른 그녀는 몸을 회전하며 그대로 설창을 휘둘렀다.

스악!

눈처럼 새하얀 설창이 하얀 궤적을 남기며 와일드 혼의 목을 스치듯 지나갔다.

그리고 카테리나는 와일드 혼을 뛰어넘으며 지면에 착지했다.

툭!

그와 동시에 와일드 혼의 머리가 바닥에 떨어져 굴렀고.

쿵!

뒤이어 3미터나 되는 거대한 몸이 지면에 쓰러졌다.

[축하합니다! 4성 일반, 타락한 분노의 와일드 혼이 쓰러졌습니다!]

'이게 S급 창술의 재능인가?'

불과 한 달 만에 혼자서 4성급 몬스터를 이토록 간단히 잡을 줄이야.

그것도 와일드 혼은 4성급 중에서도 가장 강한 편이었다.

무력이 50 후반대였으니까.

"쓰러뜨렸어요!"

카테리나는 기쁜 표정으로 나이젤을 바라보며 소리쳤다.

잘했으니 칭찬해 달라는 까망이 같은 얼굴이었다.

"아, 응. 잘했어."

나이젤은 쓴웃음을 지으며 말했다.

그러자 카테리나는 몸을 돌리며 품속에서 고개를 내밀던 알비나의 머리를 붙잡고 마구 쓰다듬었다.

그런 카테리나의 입가에는 자꾸만 미소가 걸렸다.

그에 반해 나이젤은 속으로 아쉬워하고 있었다.

'막타를 못 쳤네.'

마무리까지 카테리나가 하는 바람에 와일드 혼이 쓰러졌다는 시스템 메시지만 떴을 뿐, 전공 포인트 보상이 나오지 않은 것이다.

나이젤이 잡았으면 400WP는 나왔을 터였다.

삐익. 삐이익.

그때 그린우드 숲에서 튀어나온 그리폰이 나이젤과 카테리나를 향해 달려오기 시작했다.

[그린우드 숲의 환수, 그리폰의 호감도가 10 상승합니다.]

'헐.'

눈앞에 떠오른 메시지를 확인한 나이젤은 멍한 표정을 지었다.

설마 그리폰에게까지 호감도가 생길 줄은 몰랐으니까.

삐! 삐!

몸길이가 3미터나 되는 그리폰은 나이젤과 카테리나에게 다가오더니 부리를 비볐다.

그리폰 나름의 애정 표현인 모양이었다. 나이젤과 카테리나가 자신을 도와주었다는 사실을 인지하고 있었으니까.

거기다 환수답게 상처 회복도 빨랐다.

처음 나타났을 때는 여기저기에 자잘한 상처들이 많았었는데 지금은 거의 다 회복되어 있었던 것이다.

"아니, 이건 뭐 강아지도 아니고 그만 좀 해라."

나이젤은 얼굴을 부비던 그리폰을 떼어냈다. 부리로 얼굴을 부비던 그리폰이 어느 틈엔가 나이젤의 머리를 입안에 집어넣을 기세였기 때문이다.

헥헥.

"……."

독수리처럼 고음으로 울던 녀석이 이제는 개처럼 헥헥거리고 있었다.

이건 뭐 개인지 새인지.

진짜 개새 같은 놈이었다.

"그리폰이 이렇게 사람을 잘 따르다니……."

카테리나는 신기하다는 얼굴로 그리폰을 바라봤다.

그린우드 숲에 그리폰이 존재한다는 사실만으로도 놀라운데 이렇게 사람을 잘 따를 줄은 상상도 하지 못했다.

슈테른 제국에서 그리폰은 긍지 높은 환수로 누군가를 따르지 않고 까다로운 성격으로 유명했기 때문이다.

그리고 그건 진현이 플레이한 트리플 킹덤 게임에서도 마찬가지였다.

그리폰을 따르게 하기 위해서는 시련을 통과해서 인정받아야 했다.

그런데 지금 눈앞에 있는 그리폰은 꽤나 호의적이었다.

'뭐 좋은 일이니 상관없으려나. 어쩌면 잘된 일일 수도 있으니.'

지금까지 불가능 난이도 때문에 하드코어 한 일들만 터지던 나이젤로서는 숨통이 트였다.

왜냐하면.

'그리폰들을 영입한다.'

그린우드 숲속의 주인인 환수, 그리폰들을 영입할 생각이었으니까.

*   *   *

그린우드 숲속 깊은 곳.

그곳에 거대한 금속 물체가 세워져 있었다. 아니, 정확히는 세워진 게 아니라 지면 속에 박혀 들어가 있었다.

금속 물체는 높이 5미터에 가로세로가 1미터인 직사각면체 형태였다.

그리고 칠흑처럼 어둡고 은은한 광택을 가진 표면에서는 끊임없이 검붉은 스파크가 터져 나오고 있었다.

파직! 파지직!

검붉은 스파크는 벼락처럼 주변 나무들을 후려쳤다.

그뿐만이 아니다.

크르르르!

검은 금속 물체 주위를 그린우드의 몬스터들이 둘러싸고 검붉은 스파크에 몸을 내맡기고 있었다.

키야아아악!

검붉은 스파크를 맞은 몬스터들은 변이를 일으켰다.

점점 거대해졌으며 더 강해졌다.

그뿐만이 아니라 더욱 더 흉포해졌으며 분노로 눈이 붉게 빛났다.

또한 전신에서 불길하기 짝이 없는 검붉은 기운이 흘러나왔다.

삐이이익!

그리고 그런 몬스터들과 싸우고 있는 존재들이 있었다.

그린우드 숲의 주인이자 길들이기 힘들다는 환수 그리폰들이었다.

하지만 그리폰들은 제대로 힘을 쓰지 못했다. 금속 물체에서 몰아치고 있는 검붉은 스파크에 저항하는 것만으로도 한계였으니까.

그나마 환수였으니 버텼지, 그렇지 않았다면 일반 몬스터들처럼 변이를 일으키고 흉포해졌을 것이다.

두웅!

순간 강철처럼 단단해 보이던 금속 물체가 출렁거렸다.

검붉은 스파크를 맞고 타락한 변이 몬스터들도.

그리고 검붉은 스파크에 저항하며 필사적으로 싸우던 그리폰들도.

일제히 금속 물체를 바라봤다.

그리고…….

끼긱. 끼기긱.

칠흑처럼 어두운 금속 물체에 붉은빛의 금이 생기며 무언가가 모습을 드러내기 시작했다.

*   *   *

나이젤은 그리폰과 함께 그린우드 숲속으로 진입해 들어갔다.

그린우드 숲속 깊은 곳에 그리폰들의 서식지가 있기 때문이다.

'이놈이 있어서 정말 다행이네.'

나이젤은 눈앞에서 걷고 있는 그리폰을 바라보며 만족스러운 미소를 지었다.

사실 나이젤은 그리폰의 서식지가 정확히 어디에 있는지 알지 못했다.

그린우드 숲의 그리폰 서식지를 모니터 화면 너머로 봤을 뿐, 위치까지는 어디인지 몰랐으니까.

그 때문에 그린우드 숲속 전체를 이 잡듯이 뒤지며 찾아야 했는데 다행히 그리폰 한 마리와 친해진 덕분에 그런 시행착오를 겪지 않아도 된 것이다.

"그런데 이거 진짜 뭔가 잘못되어 가고 있는 거 같은데……."

나이젤은 눈살을 찌푸리며 전방을 바라봤다. 외곽보다 더 빽빽한 나무 그늘 아래 어둠 속에서 섬뜩하게 빛나는 수많은 붉은 눈들이 있었으니까.

'어디서 이런 타락한 몬스터들이 나오는 거지?'

나이젤은 궁금했다.

다른 그린우드 토박이 몬스터들도 타락한 분노의 와일드 혼처럼 강해져 있었다.

트리플 킹덤 게임에서는 없었던 일이었다. 분명 불가능 난이도와 PK3 버전 때문이겠지.

아마도 일반 몬스터들을 타락시키고 있는 무언가가 숲속에 있는 모양.

그래도 몬스터들의 약점이 그대로라 다행이었다.

예상보다 몬스터들이 강해져 있었지만, 약점은 변하지 않았기에 나이젤이 알고 있던 공략법을 활용할 수 있었으니까.

바로 지금처럼.

키엑! 키이익!

나무 그늘 아래에서 붉은 눈을 빛내던 3성 일반 몬스터 아머 스파이더들이 괴성을 내지르며 쓰러지고 있었다.

아머 스파이더들은 몸길이가 2미터에 달하며 등과 배가 갑옷처럼 단단한 키틴질로 감싸여 있는 상대하기 까다로운 몬스터였다.

어지간한 공격으로는 아머 스파이더의 단단한 키틴질에 대미지를 줄 수 없었다.

더욱이 현재 타락하면서 더욱더 강해져 있는 상황.

타락한 분노의 아머 스파이더가 된 지금, 키틴질 아머는 거의 강철에 가까울 정도로 단단해져 있었고 움직임도 꽤 민첩해져 있었다.

'하지만 약점이 없는 건 아니지.'

가슴과 배가 이어지는 관절 부분에는 키틴질 아머가 없었다.

그래서 아머 스파이더의 위로 뛰어올라 가슴과 배가 이어지는 부분을 공격하면 큰 대미지를 줄 수 있었다.

푸슈슉!

키에엑!

그때 또 한 마리의 아머 스파이더가 괴성을 지르며 바닥에 쓰러졌다.

카테리나가 아머 스파이더들의 머리 위를 뛰어다니며 설창, 스노우 화이트를 휘두르고 있었던 것이다.

어두운 나무 그늘 아래에서 카테리나의 설창이 하얀 빛을 발할 때마다 어김없이 아머 스파이더가 차가운 숲속 바닥에 몸을 맡겼다.

슈슈슉!

그때 아머 스파이더 한 마리가 카테리나를 향해 하얀 실을 내쏘았다.

스팟!

그 순간 나이젤의 모습이 사라졌다.

무상신법(無上迅法).

보법(步法), 전광석화(電光石火)!

눈 깜작할 사이에 나이젤은 아머 스파이더가 내쏜 하얀 실을 아다만트로 베어냈다.

슈슈슉!

그 직후, 나이젤을 향해 수많은 하얀 실들이 날아들었다.

처음에는 카테리나를 노렸다가 하얀 실을 향해 달려든 나이젤에게 어그로가 끌린 것이다.

열 가닥이 넘는 하얀 실들이 파공성을 내며 날아들었다.

아머 스파이더의 배 끝에서 쏟아지는 하얀 실에 붙잡히면 아무리 나이젤이라고 해도 상황이 불리해질 수밖에 없었다.

한두 가닥이면 모를까, 여러 가닥이 뭉쳐서 몸을 묶으면 자력으로 벗어나기 힘들기 때문이다.

삐이익!

그때 돌연 그리폰이 하얀 실들과 나이젤 사이에 끼어들었다.

그리폰은 아마 스파이더들을 향해 날카롭게 포효하며 날개를 활짝 펼쳤다.

3미터나 되는 덩치 덕분인지 그리폰은 상당히 위압적인 모습을 보였다.

그리고 빠르게 날개를 펄럭였다.

거대한 날개로 하얀 실들을 떨어뜨릴 모양.

이윽고 하얀 실들이 그리폰을 덮쳤다.

촤라락!

삐?! 삐이이…….

"……."

나이젤은 순간 할 말을 잃었다.

하얀 실들에 돌돌 말린 그리폰이 살려달라는 눈빛으로 자신을 바라보고 있었기 때문이다.

'이놈 이거, 완전 허당인데? PK3 버전 그리폰들이 전부 이런 건 아니겠지?'

나이젤은 조금 불안해졌다.

불과 조금 전까지만 해도 그리폰은 하얀 실들을 쳐내고 내친 김에 아머 스파이더들까지 때려잡을 것 같은 포스를 보여주었다.

그런데 하얀 실들을 쳐내기는커녕, 그냥 온몸에 돌돌 말려서 지금은 땅바닥을 구르고 있는 신세였다.

키야아악!

그때 바닥에 쓰러진 그리폰을 향해 아머 스파이더들이 달려들기 시작했다.

삐! 삐!

그러자 그리폰은 화들짝 놀라며 나이젤을 향해 도움을 바라는 듯한 소리를 내질렀다.

'귀여운 놈이네.'

아머 스파이더들을 향해 달려들던 나이젤은 속으로 피식 웃음을 흘렸다.

비록 아머 스파이더들을 쓰러뜨리기는커녕 하얀 실에 묶여 바닥을 뒹굴고 있었지만, 나이젤에게 도움을 준 건 사실이었다.

그리폰이 하얀 실들을 몸으로 막아주고 미끼가 되어준 덕분에 나이젤이 아머 스파이더들을 상대하기 쉬운 상황이 만들어졌으니까.

무상신법을 펼치며 앞으로 달려 나간 나이젤은 정면을 바라봤다.

키에에엑!

머리를 비롯한 전신이 단단한 키틴질로 감싸여 있는 아머 스파이더가 입을 벌리고 달려오는 모습이 보였다.

독니로 물어 죽일 모양.

하지만 그런 아머 스파이더를 향해 나이젤은 아다만타이트 건틀렛을 내질렀다.

[브레이크 임팩트 10% 출력 승인.]

무상투법(無上鬪法).

일식(一式), 파쇄붕권(破碎崩拳)!

콰아아앙!

끼에에엑!

어마어마한 충격파와 함께 머리를 후려쳐진 아머 스파이더는 괴성을 지르며 달려오던 기세 그대로 되튕겨져 날아갔다.

아머 스파이더의 두 번째 약점.

바로 타격에 약하다는 사실이었다.

아머 스파이더는 단단한 키틴질 때문에 참격이 거의 먹히지 않는다.

물론 오러 블레이드를 구현할 수 있다면 이야기는 달라진다.

하지만 그보다 더 간단히 피해를 입힐 수 있는 방법이 있었다.

바로 해머 같은 무기로 내려치는 것이다. 키틴질 아머째로 타격을 주면 아무리 아머 스파이더라고 해도 피해를 입을 수밖에 없었으니까.

아니면 나이젤처럼 타격계 기술로 피해를 주든가.

하지만 타격계 기술은 어지간한 실력이 아니면 활용하기 힘들었다.

나이젤의 경우에는 무상투법과 고유 능력 임팩트가 있기에 해머 이상의 파괴력을 낼 수 있지만 말이다.

이어서 나이젤은 아머 스파이더들 사이에 뛰어들며 공중을 도약했다.

그리고 공중에서 몇 바퀴 회전을 한 나이젤의 발이 옆에 있던 아머 스파이더의 머리 위를 내려찍었다.

무상투법(無上鬪法).

이식(二式), 무상선풍퇴(無上風腿)!

쾅!

쿠엑!

회전력이 실린 나이젤의 내려찍기에 아머 스파이더의 머리가 땅속에 처박혀 들어갔다.

하지만 여전히 아머 스파이더들의 숫자는 많았다.

지면에 착지한 나이젤을 향해 세 마리의 아머 스파이더들이 달려들었다.

'귀찮네.'

나이젤은 마력을 끌어모으며 양쪽 건틀렛에 브레이크 임팩트를 발동시켰다.

[브레이크 임팩트 15% 해제.]

웅웅웅웅웅!

나이젤의 건틀렛에서 충격파가 맥박 치는 파문처럼 흘러나왔다.

그 상태에서 나이젤은 주먹을 움켜쥐고 아머 스파이더들을 향해 맞부딪쳤다.

엑스트라 어빌리티(Extra Ability),

스매쉬 임팩트(Smash Impact)!

콰아아아앙!

그 순간 어마어마한 충격파가 전방으로 터져 나가며 달려들던 아머 스파이더 세 마리뿐만이 아니라 그 너머에 있던 녀석들까지 덮쳤다.

끼에에엑!

강렬한 충격파 앞에서 선두에 있던 세 놈은 입에서 체액을 토하며 튕겨져 날아갔다.

그리고 그 뒤를 따라오던 나머지 아머 스파이더들 또한 충격파에 휩쓸려 나가떨어졌다.

파스스스스.

또한, 전방에 있던 나무들도 마구 흔들리며 나뭇잎들이 우수수 떨어져 내렸다.

[축하합니다. 당신은 3성 일반, 타락한 분노의 스파이더들을 쓰러뜨렸습니다. 보상으로 한 마리당 300전공 포인트를 지급합니다!]

'끝났나?'

나이젤은 눈앞에 떠오른 시스템 메시지를 뒤로 넘기며 주변을 둘러봤다.

전방은 거의 초토화되었으며 아머 스파이더들 또한 절반이 바닥을 나뒹군 채 움직이지 않았다.

나머지도 다리만 까닥거리며 겨우 숨만 고르고 있는 상황.

아무래도 임팩트의 출력이 낮고 아머 스파이더들의 방어력이 높아서 겨우 버틴 모양이었다.

스르릉.

나이젤은 검집에서 아다만트를 꺼내 들었다. 전투 불능 상태인 아머 스파이더들을 전부 처리할 생각이었으니까.

그 순간.

캬아아아아아아!

그린우드 숲 깊은 곳에서 소름 끼치는 날카로운 괴성이 울려 퍼졌다.

어마어마하게 불길한 기운과 함께.

*   *   *

그린우드 깊은 숲 공터.

그곳에 그린우드 숲의 그리폰 무리들을 이끄는 우두머리가 있었다.

그리폰들의 보스, 알파.

덩치도 다른 일반 그리폰들보다 좀 더 큰 5미터였으며, 하얀 빛이 은은하게 흐르는 털이 신비해 보였다.

그리고 독수리처럼 생긴 얼굴에 카리스마 넘치는 날카로운 눈매를 가지고 있었다.

삐이이이익!

알파는 날개를 높이 치켜들며 경고음을 내뱉었다.

알파의 눈앞에 검은 금속 물체 속에서 기어 나온 기괴한 존재가 공중에 떠 있었으니까.

그 존재는 이 세계의 기준으로 본다면 충분히 이질적이었다.

그것의 모습은 은빛 광택이 흘러나오는 금속으로 이루어진 직경 2미터 크기의 구체였다.

그뿐만이 아니다.

구체 뒤에는 촉수 같은 금속관 다발들이 징그럽게 꾸물꾸물거리고 있었다.

촤아악!

그때 은빛 구체가 튀어나왔던 검은 금속 물체가 액체처럼 흐물흐물해졌다.

그리고 은빛 구체를 뒤에서 덮치며 감쌌다.

그러자 은빛 구체는 조금 전보다 더 커졌으며 검은빛을 띠기 시작했다.

그리고…….

그그극!

정면에 있던 금속 표면이 위아래로 갈라지면서 새까만 눈동자가 나타나는 게 아닌가?

놀랍게도 검은빛 구체가 눈을 뜬 것이다.

기괴한 느낌의 검은자위에 무기질적인 섬뜩함이 느껴지는 어두운 눈동자.

검은빛 구체의 정체는 금속 재질로 이루어진 거대한 눈알이었다.

캬아아아아아아아!

이윽고 검은 눈알로부터 그린우드 숲속 전체를 뒤흔드는 기괴한 괴성과 함께 불길하기 짝이 없는 검붉은 기운이 터져 나왔다.

그 후 검은 눈은 부지런히 눈동자를 움직이며 주변을 탐색했다.

마치 공격 목표를 찾는 것 같았다.

그리고 얼마 지나지 않아 검은 눈은 행동을 개시했다.

촤라락!

눈알의 뒤쪽에 붙어 있던 촉수들을 활짝 펼치며 주변에 있던 타락한 분노의 몬스터들을 향해 날린 것이다.

푸푸푸푹!

키에엑!

크허허헝!

직경 10센티 정도 되는 관다발 같은 촉수들이 몸에 꽂히자 다양한 종류의 타락한 몬스터들이 고통에 찬 비명을 지르며 몸부림쳤다.

하지만 촉수들을 뽑아낼 수 없었다.

꿀럭꿀럭.

이윽고 검은 눈은 타락한 몬스터들에게 꽂은 촉수를 통해서 그들의 생명력과 마력을 빨아 먹기 시작했다.

거기에 타락한 몬스터들이 내뿜고 있던 불길한 검붉은 기운까지.

시간이 흐를수록 타락한 몬스터들은 점점 미라처럼 바싹 말라갔다.

예상치 못한 상황에 그리폰들은 어쩔 줄 몰라 하며 검은 눈을 경계했다.

다행히 그리폰들에게는 촉수를 꽂진 않았지만, 검은 눈에게서 불길하기 짝이 없는 검붉은 기운이 피어오르고 있었으니까.

그 때문에 본능적으로 느낄 수 있었다. 저것은 건드리면 안된다고.

건드리는 순간 죽는다고 말이다.

슬금슬금.

후미에 있던 그리폰들 중 한 마리가 두려운 얼굴로 뒷걸음질치며 이곳을 벗어나려고 했다.

하지만.

슈아악! 푸욱!

빛살 같은 속도로 촉수 하나가 그리폰을 꿰뚫어 버리는 게 아닌가?

삐익! 삐이익!

몰래 도망가려고 했던 그리폰은 촉수에 꿰뚫린 채 비명을 질렀다.

그리고 그리폰을 꿰뚫기 위해 늘어난 촉수는 다시 수축을 하며 검은 눈알에게 되돌아왔다.

물론 그리폰을 꿰뚫은 채로.

쩌억.

눈앞에 그리폰을 가져온 검은 눈 아래가 질척한 소리를 내며 벌어졌다.

그 모습을 본 그리폰 몇 마리가 자기도 모르게 뒷걸음질을 쳤다.

검은 눈알 아래에 기괴하게 생긴 거대한 입이 생겨난 것이다.

크기 또한 검은 눈알만 했으며, 벌리고 있는 입안에는 상어 이빨처럼 생긴 수많은 톱니들이 나선을 그리며 돋아나 있었다.

까득! 까드득!

이윽고 수많은 톱니들이 그리폰을 분쇄하며 게걸스럽게 먹어 치우기 시작했다.

그렇게 그리폰은 비명도 제대로 지르지 못하고 검은 눈알의 입안으로 사라졌다.

그리고…….

캬아아아아아!

검은 눈의 다음 목표는 전방에 있는 수많은 그리폰들과 알파였다.

그르르.

알파는 낮은 소리로 울며 검은 눈알을 노려봤다.

그리고 알파 뒤에 있는 그리폰들의 얼굴에는 두려움이 피어나고 있었다.

불과 조금 전 소름 끼치는 장면을 목격했으니까.

타락한 몬스터들을 상대할 때만 해도 그리폰들은 용맹하게 맞서 싸웠었다.

하지만 눈앞에 있는 정체불명의 눈알은 차원이 달랐다. 털이 곤두설 것 같은 불길한 마력을 두르고 있었으니까.

특히 타락한 몬스터들을 흡수하고, 자신들의 동족을 먹고 나서 불길한 마력의 기운이 더욱 두드러졌다.

알파는 고개를 뒤로 돌리며 그리폰들을 돌아봤다.

긴장한 눈빛으로 자신을 바라보고 있는 그리폰 무리들.

알파는 알고 있었다, 이대로 가면 전멸한다는 사실을.

자신들로는 검은 눈알을 상대할 수 없었다.

그륵.

알파는 조용한 목소리로 낮게 울며 날갯짓을 했다.

마치 여기서 물러나라는 듯이.

그 모습에 그리폰들은 눈을 크게 뜨며 알파를 바라봤다.

그리폰들의 눈동자는 떨리고 있었다.

그르르!

알파는 다급한 소리를 내며 그리폰들을 재촉했다. 검은 눈알이 재미있다는 듯 웃는 눈으로 다가오고 있었으니까.

그아아!

가까이 다가오는 검은 눈을 향해 알파는 날개를 활짝 펼쳤다. 검은 눈의 시선을 끌 생각이었던 것이다.

그래야 그리폰들이 이곳을 벗어날 수 있을 테니까.

슈슉!

순간 검은 눈에게서 촉수 두 개가 뻗어 나오며 그리폰들을 향해 날아들었다.

삐에엑!

그 앞에서 알파는 날카로운 고성을 내질렀다.

터텅!

그러자 날아들던 검은 눈의 촉수는 알파의 바로 앞에서 막혔다.

알파가 바람의 벽을 만들어냈기 때문이다. 알파가 가진 특기 중 하나인 윈드 월(A)이었다.

크크크.

하지만 어쩐지 검은 눈에게서 비웃고 있는 웃음소리가 들려오는 것 같았다.

아니, 실제로 비웃고 있었다.

검은 눈동자가 초승달처럼 휘어져 있었으니까.

그래도 알파는 만족했다.

지금 자신이 이렇게 검은 눈을 막고 있는 사이, 그리폰들은 빠르게 퇴각 중이었기 때문이다.

슈슉! 슈슈슉!

하지만 검은 눈의 공격은 끝이 아니었다. 여러 가닥의 관다발 같은 촉수들이 다시 날아들기 시작했다.

팍! 파바박!

여러 개의 촉수들이 추가적으로 알파가 만들어낸 바람의 벽에 박혀 들었다.

금방이라도 깨어질 것처럼 요동치고 있는 바람의 방벽.

검은 눈의 촉수들 앞에서는 방벽이 아니라 얇은 천으로 된 장막이나 다름없었다.

이대로 간다면 찢기고 말 것이다.

키이이이잉!

순간 알파는 놀란 표정으로 눈을 크게 떴다.

검은 눈알 앞에서 불길한 검붉은 마력이 모여들고 있었기 때문이다.

이윽고 검은 눈은 집속된 마력포를 내쏘았다.

번쩍! 슈아아아악!

검붉은 빛의 마력포가 마치 빔처럼 쏘아지며 바람의 벽과 충돌했다.

콰콰콰콰쾅!

그러자 어마어마한 폭발과 함께 바람의 장벽이 흔적도 없이 소멸했다.

그리고 알파 또한 폭발에 휘말리며 수 미터나 날다가 숲속 바닥에 떨어져 나뒹굴었다.

그, 그르르.

바닥을 나뒹군 알파는 믿을 수 없다는 표정으로 검은 눈을 노려봤다.

설마 마력포까지 쏠 수 있을 줄이야.

그리고 방금 전 일격은 좋지 않았다.

왼쪽 뒷다리 뼈는 골절되었는지 움직이지 않았고 등에 달린 두 날개는 확연히 꺾여 있었다.

독수리의 머리와 사자의 몸, 그리고 새의 날개를 가진 그리폰 보스, 알파는 그저 바닥에 엎드리듯 쓰러진 채 꼼짝도 할 수 없었다.

크워어어어억!

하지만 알파는 전신의 힘을 쥐어짜며 자리에서 일어나려고 했다.

자신이 여기서 누워버리면 어떻게 되는가?

자신이 지켜야 할 그리폰들을 지키지 못한다.

퇴각하고 있는 그리폰들 중에는 아직 나이가 어린 개체들도 많았고, 무엇보다 알파에게 있어서는 전부 가족이나 다름없었으니까.

적어도 다른 그리폰들이 도망칠 시간은 벌어야 했다.

만약 조금 전과 같은 마력포로 포격한다면 퇴각 중인 그리폰들에게 어마어마한 피해가 생길 테니 말이다.

그, 그르륵.

하지만 이미 알파의 몸은 만신창이었다. 조금 전 폭발로 인한 대미지가 너무 컸다.

입에서 피를 토하고, 전신에서도 붉은 피가 흘러내리고 있었으니까.

그럼에도 알파는 자리에 우뚝 선 채 날카로운 눈매로 검은 눈을 노려봤다.

그런 알파의 주위로 검은 눈의 촉수들이 다가와 뱀처럼 고개를 치켜들고 있었다.

키잉! 키잉! 키잉!

그뿐만이 아니라 알파를 향한 촉수들 끝에서 검붉은 빛의 마력이 모여들기 시작했다.

비록 검은 눈이 쏜 고출력 마력포보다 약해 보였지만, 알파의 몸을 조각낼 수 있을 정도는 되었다.

최소 10개가 넘는 마력포가 알파의 머리 위에서 쏟아질 테니까.

그 모습을 보며 알파는 눈을 감았다.

적어도 검은 눈이 자신을 처리하는 동안 그리폰들이 도망갈 시간을 충분히 벌 수 있을 거라 생각하며.

번쩍!

이윽고 검은 눈의 촉수 끝에서 집속된 마력포가 빛을 내며 알파에게 쏟아지기 시작했다.

그륵?

잠시 후 알파는 의아한 표정을 지었다. 눈을 감고 죽음을 각오하고 있었는데 아무런 느낌이 없었기 때문이다.

알파는 다시 눈을 떴다.

그 순간.

"너, 좋은 녀석이구나?"

알파의 뒤에서 인간의 목소리가 들려왔다. 알파는 놀란 얼굴로 고개를 돌려 뒤를 돌아봤다.

그리고 그곳에 금빛으로 빛나는 짧은 머리카락과 푸른 눈을 가진, 어딘가 살짝 날카로운 인상을 가진 인간 청년이 웃고 있는 모습을 볼 수 있었다.

다름 아닌 나이젤이었다.

*   *   *

나이젤은 전방을 바라봤다.

조금 전 검은 눈이 그리폰을 공격하는 걸 보고 급히 까망이를 불러 방어 스킬을 걸었다.

까망이의 섀도우 배리어는 범용성이 좋아서 나이젤뿐만이 아니라 다른 존재들에게도 시전할 수 있었다.

덕분에 검은 눈의 촉수가 내쏜 마력포를 막아낸 것이다.

'혼자 남은 건가?'

나이젤의 시선이 그리폰에게 향했다.

상황은 이미 파악하고 있었다.

그린우드 숲속에서 기괴한 괴성과 함께 불길한 기운을 느낀 나이젤은 무상신법을 극성으로 펼쳐 달려왔다.

그 와중에 도망치고 있는 그리폰 무리들을 볼 수 있었다.

그리고 그보다 앞에서 검은 눈과 대치 중인 거대한 그리폰까지도.

나이젤은 거대한 그리폰이 보스라는 사실을 금세 알아챘다.

다른 그리폰들에 비해 덩치가 컸고, 어딘지 모르게 위엄이 느껴졌으니까.

거기다.

'다리안 영주 같은 녀석이네.'

그리폰들을 지키기 위해 홀로 남아 싸우는 모습에서 나이젤은 다리안 영주가 떠올랐다.

영지민들을 지키기 위해 다리안 영주도 목숨 걸고 카오스 고블린 챔피언의 앞을 막았으니까.

"여긴 내게 맡겨라."

나이젤은 그리폰 앞에 나섰다.

다리안 영주처럼 목숨을 걸고 검은 눈을 막으려고 한 그리폰 보스가 어쩐지 남 같지 않았다.

'그런데 이놈은 대체 뭐지?'

나이젤은 눈앞에 떠 있는 검은 눈알 같은 정체불명의 존재를 노려봤다.

[타락한 분노의 마신 직속, 다크아이]

[등급] 4성 카오스 보스.

[능력치]

법력: 85. 통솔: 85.

지력: 85. 마력: 85.

[특기] 촉수 통제(A), 분노 흡수(A), 분노 전염(A), 공중 부양(A), 마력 방출(A), 대폭발(A).

게임 능력을 이용해 정보를 본 나이젤은 놀란 표정을 지었다.

'타락한 분노의 마신이라고?'

트리플 킹덤 게임을 하면서 듣도 보도 못한 존재였다.

PK3 버전에서 새롭게 추가된 존재인 것일까?

아니면 현실이 된 트리플 킹덤 세계에서 원래부터 있던 존재 일까?

적어도 나이젤의 과거 기억 속에는 카오스 몬스터들과 마신에 관한 내용은 없었다.

그리고 눈앞에 있는 다크 아이라는 카오스 보스도 마찬가지.

또한, 이미 나이젤은 노팅힐 영지에서 카오스 몬스터의 존재에 대해 몇몇 사람들에게 물어본 적이 있었다.

하지만 다들 알지 못했다.

오랜 세월을 살아온 하프 엘프, 아리아도.

아크 대륙 각지를 여행하며 용병 생활을 한 라그나와 아세라 드도.

다만 그들에게서 슈테른 제국 수도인 오펜하우젠의 대도서관, 바벨을 관리하는 대현자 하인리히라면 카오스 몬스터들에 대해 알고 있을지도 모른다는 이야기를 들었었다.

'언제 한번 날 잡아서 제국 수도에 가봐야겠군.'

문제는 노팅힐 영지에서 제국 수도 오펜하우젠까지 거리가 상당히 멀다는 것.

그 전에 우선 노팅힐 영지를 발전시켜야 했다.

그오오오오오오!

그때 거대한 눈알 같은 다크 아이의 아랫부분이 쩍 벌어지면서 섬뜩한 괴성이 울려 퍼졌다.

"이건 또 뭐야?"

나이젤은 눈살을 찌푸렸다.

다크 아이의 모습이 영 기괴했기 때문이다. 검은 눈알 밑에 쩍 벌어진 입안에는 수많은 상어 이빨 같은 톱니들이 나선형으로 박힌 채 움직이고 있었다.

그 모습은 검과 마법이 난무하는 트리플 킹덤의 세계관이라고 해도 굉장히 이질적이었다.

슈슉!

그때 날카로운 파공성을 내며 다크 아이의 촉수 세 가닥이 나이젤을 향해 날아들었다.

그 모습을 본 나이젤은 재빨리 자세를 낮추며 허리에 찬 아다만트에 손을 가져갔다.

무상검법(無上劍法).

영식(零式) 개(改).

발검(拔劍) 무명베기(無明斬)!

슈아아아악!

번개 같은 속도로 아다만트가 검은 궤적을 남기며 좌에서 우로 휘둘러졌다.

깡! 깡! 깡!

"……!"

단 일 검에 다크 아이의 촉수 세 개를 쳐낸 나이젤은 놀란 표정을 지었다.

'이게 안 잘린다고?'

설마 아다만타이트 합금으로 제작된 검으로 무상검법 영식과 일식이 결합된 무명베기를 시전했음에도 잘리지 않을 줄이야.

그뿐인가?

무력 80이 되면서 소드 익스퍼트급 실력이 된 나이젤은 검에 오러를 발현시킬 수 있었다.

조금 전 일격에는 아다만트에 오러까지 불어 넣어서 휘둘렀다.

그런데도 자르지 못하다니?

'마치 강철을 두드린 것 같은 느낌이었는데…….'

설사 강철이었다고 해도 깨끗이 잘려 나갔을 터.

그럼에도 그러지 못했다는 말은 다크 아이의 촉수의 강도가 최소 아다만타이트급은 된다는 소리였다.

아다만타이트라면 오러 공격을 막아낼 수 있을 테니까.

그리고 아마 다크 아이의 몸체도 아다만타이트로 이루어져 있을 터.

나이젤은 다크 아이의 시선을 끌며 잠시 뒤로 물러났다.

"역시 파이런보다 강한가?"

중급 마족 파이런 또한 4성 카오스 보스였다.

하지만 눈앞에 있는 다크 아이의 스펙은 파이런을 앞서고 있었다. 다양한 A급 특기들을 가지고 있는 데다가 모든 능력치가 1포인트씩 높았으니까.

법력만 놓고 보면 다크 아이는 6클래스 비기너급이며, 소드 익스퍼트 중급에 해당했다.

그에 비해 현재 나이젤의 무력은 82.

파이런이 등장한 1차 웨이브를 막아내고, 우드빌 영지에서 워킹 앤트들을 때려잡으면서 무력이 조금 상승했다.

하지만 지금 다크 아이와의 차이는 3포인트였으며, 상대는 6클래스 비기너급의 위력을 가진 마력포까지 쓰는 카오스 보스였다.

거기다 아다만타이트급의 강도를 가진 몸까지.

'설마 기간테스 산맥 너머에는 이런 괴물들이 우글거리는 건 아니겠지?'

나이젤은 다크 아이나 중급 마족 파이런이 기간테스 산맥 너머에서 온 존재라고 생각하고 있었다.

아직 그들에 대해 파악하지 못한 상황이었으니까.

그래서 파이런을 잡아서 정보를 캐낼 생각이었는데 놓쳐 버린 것이다.

'저놈이랑은 대화가 통할 것 같지는 않고.'

눈앞에 있는 다크 아이는 파이런보다 강해 보였지만, 대화가 통할 존재로는 보이지 않았다.

거대 눈알이었으니까.

'일단 제압부터 해야지, 어떻게 반응하나 볼까?'

아다만트를 꽉 움켜쥔 나이젤은 무상신법 세 번째 걸음 전광
석화를 펼치며 다크 아이를 향해 달려들었다.

우우우우웅!

고유 능력, 브레이크 임팩트를 발동하면서.

Chapter

4

어둠을 가르는 한 줄기 빛처럼 나이젤은 다크 아이를 향해 접근했다.

당연히 다크 아이도 가만히 있지 않았다.

다크 아이의 머리 위까지 솟구쳐 올라온 촉수 세 개가 나이젤을 노리고 아래로 내리꽂혔다.

슈슈슉!

하지만 나이젤의 움직임이 더 빨랐다.

파파팍!

다크 아이의 촉수들은 나이젤이 지나간 자리에 꽂혀 들어갔다.

그사이 다크 아이의 눈앞까지 돌진한 나이젤은 빠르게 아다만트를 빼 들었다.

무상검법(無上劍法).

일식(一式), 무명베기(無明斬)!

허공에 검은 궤적을 남기며 휘둘러지는 일격!

까가가가강! 쾅!

날카로운 쇳소리와 폭음이 울려 퍼졌다.

나이젤이 브레이크 임팩트를 발동한 상태로 아다만트를 휘둘렀으니까.

그 덕분에 아다만트에서 발생한 충격파가 다크 아이의 몸을 수 미터 이상 튕겨 날려 보냈다.

'역시!'

하지만 나이젤은 혀를 찼다.

예상대로 다크 아이의 몸이 단단했기 때문이다.

적어도 강도만큼은 확실히 아다만타이트급이었다.

쿠오오오오오오오!

튕겨져 날아간 다크 아이가 분노에 찬 괴성을 내질렀다.

브레이크 임팩트의 효과로 표면에 상처가 조금 났고, 수 미터 이상 밀려나 버렸으니까.

촤라라락!

다크 아이는 열다섯 개 정도 되는 촉수들을 활짝 펼쳤다.

새까만 눈동자가 날카롭게 나이젤을 노려본다.

마치 먹잇감을 노리는 맹수처럼.

슈슈슉!

이윽고 촉수들이 나이젤을 향해 쇄도하기 시작했다.

무상신법(無上迅法).

보법(步法), 유운보(流雲步).

그 직후 나이젤은 무상신법 첫 번째 걸음, 유운보를 펼치며 부드럽게 종횡무진 움직였다.

다크 아이의 촉수들은 한 발 차이로 나이젤을 맞히지 못하고 지면에 박혀 들어갔다.

하지만 10개가 넘는 촉수들을 전부 다 피하는 건 어려웠다.

8개째 촉수를 피한 나이젤의 정면으로 9개, 10개째 촉수가 날아왔다.

시간 차 공격이었다.

까가가강!

나이젤은 재빨리 아다만트를 휘둘러 촉수들을 튕겨냈다.

그리고 옆으로 빠르게 공중회전을 하며 11개와 12개째 촉수들을 피해냈다.

이어서 날아드는 촉수들 중 피하기 힘든 것들은 아다만트로 쳐냈다.

쉴 새 없이 쏟아지는 다크 아이의 연격들을 나이젤은 다양한 방법들을 동원해서 피해냈다.

키이이잉!

"……!"

순간 나이젤은 눈살을 찌푸렸다.

'이놈 봐라?'

촉수는 미끼였다.

나이젤이 촉수들을 피하는 사이 다크 아이가 눈앞에서 검붉은 마력을 집속시키고 있었던 것이다.

고유 능력, 마력 방출(A)를 활용한 6클래스 공격 마법, 다크 블래스터였다.

번쩍!

이미 마력 임계점을 넘긴 모양인지 다크 아이의 눈앞에서 다크 블래스터가 쏘아졌다.

마치 푸른 하늘을 가르는 한 줄기 검붉은 빛살처럼.

슈아아아악!

검붉은 빛의 초고열 열선이 공기 중의 수증기를 태우며 나이젤을 향해 쇄도해 왔다.

촉수들의 연속 공격을 피한 직후였기에 다크 블래스터까지 피하기에는 어려운 상황.

그르릉!

[나이트 울프 까망이가 액티브 스킬 섀도우 배리어(D)를 발동합니다!]

그때 나이트 울프로 진화한 까망이가 방어 스킬을 시전했다.

츠츠츠!

순식간에 나이젤의 전신을 검은 막이 감쌌다.

콰앙! 파지지지직!

직후, 다크 블래스터가 섀도우 배리어를 강타했다.

다크 블래스터와 섀도우 배리어 사이에 어마어마한 스파크가 터져 나왔다.

급속도로 섀도우 배리어가 약해지며 옅어져 갔다.

'뚫리겠는데.'

나이젤은 까망이에게 마력을 흘려 보냈다.

그러자 약해져 가던 섀도우 배리어가 다시 원래 모습을 되찾기 시작했다.

크아아아앙!

그리고 나이젤의 그림자 속에서 까망이도 포효하면서 안간힘을 썼다.

파츠츠츠.

그렇게 얼마나 지났을까.

다크 블래스터의 기세가 약해졌다.

다크 블래스터의 지속 시간은 불과 몇십 초 정도밖에 되진 않았지만, 나이젤과 까망이에게는 벌써 몇 분이나 지난 것처럼 느껴졌다.

"큭."

다크 블래스터가 사라지고 섀도우 배리어가 해제된 직후, 나이젤은 왼쪽 무릎을 꿇었다.

다크 블래스터를 막는 데 마나가 상당히 소모되면서 탈력감이 몰려온 것이다.

그래도 다크 블래스터가 그리폰 보스인 알파를 단 한 방에 행동 불능 상태로 빠뜨렸다는 사실을 생각하면 잘 막은 편이었다.

또한, 다크 아이의 상황도 좋지 않았다. 다크 블래스터는 마력을 상당히 잡아먹는 스킬이었으니까.

알파에게 사용했을 때는 발사 시간이 수 초 정도로 짧았었다.

하지만 나이젤에게 사용했을 때는 다크 아이도 무리를 좀 했다.

나이젤이 검은 방어막을 쳐서 버티는 것을 보았기 때문이다.

보통 짧게 쏘고 끝내는 스킬인데, 나이젤이 버티자 질 수 없다고 판단한 다크 아이도 마력을 쏟아부으며 다크 블래스터를 오랫동안 지속했다.

그 결과, 다크 아이의 마력도 현재 상당히 소모된 상황이었다.

하지만.

키잉! 키잉!

다크 블래스터의 축소판인 다크 레이라면 아직 쓸 수 있었다.

"젠장."

나이젤은 혀를 찼다.

자신을 향한 촉수 3개에서 검붉은 마력이 모여들고 있었으니까.

설마 이 상황에 와서 마력포를 쏠 수 있을 줄이야.

그렇다면.

"까망아."

그앙!

퐁!

나이젤의 부름에 까망이가 숨어 있는 그림자 속에서 파란 물병이 튀어나왔다.

까망이의 아공간 보관소에서 물병을 하나 꺼낸 것이다.

벌컥벌컥!

나이젤은 물병을 들이켰다.

"후, 이제 좀 살 만하네."

파란 물병의 정체는 다름 아닌 마력 회복 포션이었다.

지금 같은 상황에 대비해서 여러 물품들을 미리 준비해 둔 것이다.

당연히 마나 회복 포션뿐만이 아니라 체력 회복 포션도 있었다.

현재 나이젤의 인생, 아니, 에픽 미션 난이도는 불가능(신화)급이었으니까.

푸슈슝!

이윽고 다크 아이의 촉수 끝에서 마력포가 쏘아졌다.

하지만 마력을 어느 정도 회복하고 기운이 난 나이젤은 유운보를 펼치며 피해냈다.

그리고 다시 다크 아이를 향해 달려들었다.

그에 맞춰 다크 아이도 촉수들을 움직이며 나이젤을 견제하려고 했다.

하지만 다크 블래스터를 과도하게 쓴 탓인지 움직임이 확연히 느려져 있었다.

지금이라면 다크 아이에게 대미지를 입힐 수 있을 것 같았다.

[세컨드 어빌리티, 디스트럭션 임팩트. 75% 최대 출력 기동 승인!]

우우우우웅!

움켜쥐고 있는 나이젤의 아다만타이트 건틀렛에서 충격파가 파문처럼 흘러나왔다.

상대의 방어력을 무시하고 공격할 수 있는 디스트럭션 임팩트.

지금이라면 마력을 낭비한 다크 아이에게 상당한 피해를 입힐 수 있을 터!

지난번 파이런 때처럼 다크 아이를 놓아 보내줄 생각은 없었다.

그렇기에 현재 상태에서 낼 수 있는 최대 출력을 냈다.

물론 그와 동시에 까망이의 단단해지기 스킬과 액티브 스킬, 육체 강화를 시전하여 임팩트로 인한 부담을 줄였다.

그리고 움직임이 조금 느려진 촉수들의 공격을 종이 한 장 차이로 피해내면서 착실하게 다크 아이를 향해 다가갔다.

얼마 지나지 않아 날카롭게 검은 눈을 찌푸리고 있는 다크 아이를 향해 다가간 나이젤은 건틀렛을 내질렀다.

무상투법(無上鬪法).

일식(一式), 파쇄붕권(破碎崩拳)!

디스트럭션 임팩트가 파문처럼 퍼져 나오고 있는 건틀렛이 다크 아이의 까만 눈동자를 향해 꽂혀 들어갔다.

까앙!

하지만 다크 아이도 호락호락하지 않았다.

강렬한 충격파가 터져 나오는 건틀렛이 꽂혀 들어오는 순간 촉수들을 교차하며 창살처럼 눈앞을 막은 것이다.

투콱!

그러나 그것도 한순간일 뿐이었다.

75% 출력의 디스트럭션 임팩트를 다급하게 급조한 촉수들로 막을 수 있을 리가 없었으니까.

다크 아이의 촉수들은 이내 충격파에 밀리며 구부러지듯 열렸다.

그리고 그 너머에 다크 아이의 경악한 검은 눈동자가 드러났다.

콰아아아앙!

이윽고 다크 아이의 검은 눈알에 나이젤의 건틀렛이 꽂혀 들어가면서 어마어마한 충격파가 터져 나왔다.

키익! 키이익!

충격파를 정면에서 받아낸 다크 아이는 기괴한 괴성을 내지르며 버텼다.

역시 아다만타이트급 강도를 가진 다크 아이.

디스트럭션 임팩트 앞에서 이만큼이나 버텨낼 줄이야.

하지만.

쩍! 쩌적!

다크 아이의 새까만 눈동자 일부에 작은 금이 생겨났다.

디스트럭션 임팩트는 내부를 파괴하는 충격파다.

겉으로 아무리 단단한 방어구를 걸치고 있다고 해도 디스트럭션 임팩트의 파동을 막아낼 수는 없었다.

같은 파동으로 상쇄시키지 않는 이상 말이다.

쩌저저저적!

한번 생기기 시작한 실금이 기하급수적으로 늘어나면서 서서히 다크 아이는 붕괴해 가기 시작했다.

그리고.

콰장장창!

디스트럭션 임팩트의 파동 앞에 다크 아이는 유리처럼 깨지면서 몸이 붕괴해 버렸다.

그 직후 나이젤의 시야에 시스템 메시지가 떠올랐다.

[축하합니다! 당신은 4성 카오스 보스 타락한 분노의 마신 직속, 다크 아이를 처치하셨습니다!]

[마신 직속 권속인 다크 아이는 타락한 분노의 마신이 제작한 차원 침략 병기입니다. 다크 아이를 처치한 덕분에 그린우드 숲의 혼돈 수치가 하락합니다!]

[보상으로 6,000전공 포인트를 획득합니다!]

'허.'

눈앞에 떠오른 메시지를 확인한 나이젤은 놀란 표정을 지었다.

방금 쓰러뜨린 다크 아이가 차원 침략 병기였다니?

대체 마신이나 마족들은 어떤 존재란 말인가?

'차원 침략이라.'

그뿐만이 아니라 지난 파이런이 이 세계를 정복하러 왔다고 했었다.

그래서 기간테스 산맥에서 넘어온 거라 생각하고 있었는데,

방금 전 쓰러뜨린 다크 아이가 차원 침략 병기라고 하는 게 아닌가?

'그렇다는 건 다른 차원이 존재한다는 소리인데……'

순간 나이젤은 등줄기를 따라 소름이 돋았다.

다른 차원이 존재한다면, 이 세계도 수많은 차원들 중 하나일 수도 있다는 생각이 들었기 때문이다.

'아직 정보가 부족해.'

나이젤은 고개를 흔들었다.

이제 고작 단편적인 정보를 얻었을 뿐이었다. 보다 많은 정보가 필요했다.

'가장 좋은 방법은 역시 시스템을 만든 존재들과 만나는 건데.'

고유 칭호, 이세계 플레이어를 기반으로 나이젤이 가진 시스템 능력.

이 시스템은 트리플 킹덤 게임과 거의 똑같았다.

분명 누군가가 만든 게 분명했다.

'아니면 하다못해 시스템에서 좀 더 정보를 공개해 주면 좋을 텐데 말이야.'

나이젤은 시스템을 통해 이 세계의 인물에 대한 정보를 비교적 손쉽게 알아낼 수 있었다.

상대의 강함이나, 생각, 그리고 자신에 대해 호감을 얼마나 가지고 있는지 등등.

하지만 이 세계가 단순히 트리플 킹덤 게임 속 세상인지, 아니면 정말 지구와 다른 차원의 세상인지 알 수 없었다.

그런데 방금 전 다크 아이를 쓰러뜨리고 나서 나이젤은 후자 쪽에 더 생각이 실렸다.

트리플 킹덤 게임과 비슷한 다른 차원의 세상이 아닐까, 하는 의심이 더 강하게 들기 시작한 것이다.

뒤적뒤적.

그때 눈앞에서 산산조각이 난 다크 아이를 바라보며 잠시 생각에 잠겨 있던 나이젤의 귀에 무언가 이상한 소리가 들려왔다.

나이젤은 소리가 난 곳으로 시선을 향했다.

그곳에 나이트 울프로 진화한 까망이가 유리처럼 부서진 다크 아이의 잔해를 앞발로 파내고 있었다.

"까망아, 너 지금 뭐 하고 있……."

[당신의 소환수 까망이가 4성 등급 카오스 코어를 발견했습니다!]

"헐?"

갑작스럽게 떠오른 시스템 메시지에 나이젤은 놀란 표정을 지었다.

순간 깨달았다.

4성 카오스 보스, 그랜드 앤트 퀸의 시체에서 까망이가 카오스 코어를 찾아냈다는 사실을.

그리고 그것을 먹어 치웠다는 사실을.

"자, 잠깐, 까망아!"

뒤늦게 나이젤은 까망이를 말리기 위해 소리쳤다.

하지만…….

까드득! 꿀꺽!

이미 까망이는 카오스 코어를 맛있게 씹어 먹고 목을 넘긴 후였다.

[당신의 소환수가 포만감을 느끼며 행복해합니다. 행복도가 상승합니다.]

"맛있냐?"

그르릉. 그르릉.

나이젤의 말에 까망이는 웃는 표정을 지으며 고개를 끄덕였다.

그 모습에 나이젤은 고개를 절레절레 흔들었다.

설마 이번에도 까망이가 카오스 코어를 독식할 줄이야.

카오스 코어가 어떤 물건인지 조사를 하고 싶었지만, 귀여운 까망이가 만족하고 있으니 불만은 없었다.

왜냐하면…….

[당신의 소환수 까망이가 4성 카오스 코어를 섭취하였습니다.]

[4성 카오스 보스 다크 아이의 특성 중 하나를 습득합니다. 까망이가 습득한 특성은 A급 마력 방출입니다.]

[까망이가 등급 경험치를 대폭 획득하였습니다.]

다크 아이가 가지고 있던 특기 중 하나를 습득할 수 있었기 때문이다.

'마력 방출이면 이제 공격도 가능해지려나?'

나이젤은 발밑에서 얼굴을 부비고 있는 까망이의 머리를 쓰다듬으며 만족스러운 미소를 지었다.

지금까지 까망이는 나이젤의 서포터에 가까웠다.

위급할 때 방어 스킬을 걸어주고, 임팩트를 사용할 때 몸에 걸리는 부담을 줄여주는 역이었으니까.

그런데 이제 마력 방출 특성을 가지게 됨으로써 파이런의 다크 레이나, 다크 아이의 블래스터처럼 원거리 공격이 가능해진 것이다.

거기다 등급 경험치도 대폭 획득하게 되면서 4성까지 얼마 남지 않았다.

"나, 나이젤 님!"

그때 까망이를 품에 안고 머리를 쓰다듬어 주고 있던 나이젤은 등 뒤에서 자신을 부르는 목소리를 들었다.

고개를 돌려보니 카테리나와 알비나, 그리고 맨 처음 구해주었던 그리폰이 달려오고 있는 모습이 보였다.

나이젤이 무상신법을 펼친 탓에 카테리나와 그리폰은 쫓아오지 못했다.

무엇보다 그리폰이 다치고 지쳐 있었으니까.

그런 그리폰을 돌보며 온 탓에 카테리나는 이제야 도착한 것이다.

*   *   *

그린우드 숲은 다시 정상으로 돌아왔다.

숲 전체에 감돌던 불길한 기운들이 사라지고 몬스터들도 다시 제정신을 차렸다.

이제 광화 상태가 되어 그리폰들을 공격하는 일은 없을 것이다.

나이젤이 다크 아이를 처치했으니까.

삐.

그리고 지금 나이젤의 눈앞에 그리폰 보스 알파가 무릎을 꿇으며 몸을 숙이고 있었다.

[그린우드 숲의 지배자이며 그리폰들의 우두머리인 알파가 당신에게 감사해하고 있습니다.]

[그리폰 알파의 호감도가 30 상승합니다. 현재 알파의 호감도는 80입니다. 알파는 당신에게 호감을 가지고 있으며 친밀하게 생각합니다.]

[현재 알파가 당신과 주종 계약을 맺고 싶어 합니다! 알파와 주종 계약을 맺으시겠습니까? Yes? or No?]

'내가 생각한 것과 다르긴 한데······.'

나이젤은 쓴웃음을 지었다.

나이젤이 그린우드 숲에 온 이유는 그리폰과 계약을 맺기 위함이었다.

슈테른 제국이 있는 아크 대륙은 굉장히 넓었다.

바로 옆 영지에 가는 게 아닌 이상, 대륙 내부의 대영지나 제국 중앙 수도에 가려면 시간이 꽤 걸린다.

그 때문에 나이젤은 말보다 더 빠른 이동 수단인 그리폰과 계약할 생각이었다.

'나중에 그리폰 부대를 만들어도 좋지.'

그리폰 라이더 부대가 노팅힐 영지에 생긴다면 큰 도움이 될 것이다.

특히 그리폰 나이트가 탄생한다면 더할 나위 없었다.

하지만 어렸을 때부터 키워온 그리폰 새끼들이라면 모를까 야생 그리폰들은 길들이기가 힘들었다.

야생 그리폰들에게 인정받기 위해서는 힘을 증명해야 했다.

그래서 나이젤은 그리폰들과 한바탕할 생각이었다.

그런데 4성 카오스 보스인 다크 아이가 그린우드 숲에서 그리폰들을 핍박하고 있는 게 아닌가?

더군다나 다크 아이는 그리폰 보스인 알파를 몰아붙이고 있었다.

그런 상황에서 나이젤이 나타나 알파를 구하고 다크 아이를 처치했다.

그리폰들 입장에서는 생명의 은인이었고, 힘의 증명도 충분히 보여주었다.

그 결과 지금 알파가 나이젤 눈앞에서 고개를 숙이고 복종의 모습을 보이고 있는 것이다.

"나, 나이젤 님, 이, 이거 어떻게 하면 좋나요?"

그때 카테리나가 옆에서 안절부절못하는 얼굴로 나이젤을 바라봤다.

알파뿐만이 아니라 가장 처음 구해주었던 그리폰이 카테리나 앞에서 고개를 숙이고 있었다.

알파와 마찬가지로 주종 계약을 신청 중이었던 것이다.

처음에는 나이젤에게 더 친근감을 표시했지만, 지금은 어찌 된 일인지 카테리나와 많이 가까워져 있는 상황.

아무래도 그리폰을 습격했던 타락한 분노의 와일드 혼을 카테리나가 직접 쓰러뜨렸었고, 이후에 그녀가 그리폰을 돌봐준 덕분인 모양이었다.

"리나, 선택은 네가 해야 하는 일이야. 그리고 그건 나한테 물어야 될 말도 아니고."

그리폰의 주종 계약 신청에 어쩔 줄 몰라 하며 묻는 카테리나에게 나이젤은 고개를 저으며 말했다.

'이제 스스로 자립해야지.'

윌버 영지에 있는 동안 저스틴에게 시달린 카테리나는 선택 장애가 일반인들보다 더 컸다.

저스틴이 그녀에게 씌운 프레임 때문이었다.

[넌 나 아니면 아무것도 하지 못해.]

저스틴은 카테리나에게 저 말을 반쯤 세뇌하듯 입버릇처럼 말해왔다.

그 때문에 저스틴으로부터 구해준 나이젤에게 의존하는 경향이 종종 있었다.

무슨 일만 있으면 나이젤에게 선택을 떠넘겨 왔던 것이다.

하지만 이번 경우는 달랐다.

카테리나의 선택에 따라 그리폰의 삶이 걸려 있었으니까.

그녀와 함께 새로운 삶을 시작하든가, 아니면 숲에서 조용히 살든가.

즉, 이번 선택에는 그리폰이라는 책임이 따라온다는 소리였다.

"……!"

나이젤의 대답에 카테리나는 불안한 듯 눈동자가 흔들렸다.

하지만 선택은 어렵지 않은 일이었다.

아직 그녀는 자각하고 있지 못했지만 이미 스스로 몇 번이나 선택을 한 적이 있었으니까.

대표적으로,

뀨!

알비나가 있었다.

까망이의 분신체를 본 그녀는 망설임도 없이 큰 결심을 하고 나이젤로부터 알비나를 분양받았으니 말이다.

뀨뀨!

카테리나의 품속에서 알비나는 얼굴을 부벼왔다.

그녀의 불안을 느낀 것이다.

삐…….

그리폰 또한 조마조마한 표정으로 카테리나의 눈치를 살피고 있었다.

그리폰은 그녀가 마음에 들었다.

자신을 위해 와일드 혼을 쓰러뜨려 주고, 그 이후에도 머리를 쓰다듬어 주거나 하면서 챙겨주었으니까.

 그리폰은 선택의 순간을 기다리며 불안한 눈빛으로 카테리나를 올려다봤다.

 '아.'

 순간 카테리나는 깨달았다.

 자신이나 그리폰이나 그리 다르지 않다는 사실을.

 "나랑 함께 있고 싶니?"

 삐!

 카테리나의 말에 그리폰은 기쁜 듯이 날개를 활짝 펼쳐 보였다.

 그 모습을 본 나이젤의 입가에 미소가 걸렸다.

 '이쪽은 이제 걱정 안 해도 되겠네.'

 카테리나가 어떻게 하면 좋을지 물을 상대는 자신이 아니라 바로 그리폰이었다.

 그 사실을 이제 카테리나가 알게 되었고, 그리폰 또한 카테리나가 굉장히 마음에 들어 보였다.

 그리폰이 인간을 상대로 저렇게 기뻐하는 표정을 짓는 건 보기 드문 일이었으니까.

 '그럼.'

 그리폰과 카테리나에게서 눈을 뗀 나이젤은 다시 알파를 바라봤다.

 "너도 괜찮아? 나와 계약을 맺어도?"

 삐.

나이젤의 말에 알파는 고개를 끄덕였다.

그 순간 나이젤의 시야에 시스템 메시지가 떠올랐다.

[축하합니다! 당신은 그린우드 숲의 환수, 4성 그리폰 보스 알파와 주종 관계를 맺었습니다.]

[이제부터 알파는 당신을 충실하게 따르며 적들에게 용서를 보이지 않을 것입니다.]

[그리폰 보스, 알파.]

[등급] 4성 네임드 보스(성장형).

[타입] 스피드.

[능력치]

무력: 72. 통솔: 76.

지력: 78. 마력: 75.

[특기] 무리 지휘(C), 비행(C), 고속 이동(C), 탐색(C), 윈드 월(C), 윈드 커터(C).

알파는 네임드 보스로 다크 아이와 같은 4성 등급이었다.

하지만 다크 아이는 카오스 보스로 동급 보스들보다 좀 더 강하다.

최소 한 등급에서 두 등급까지 차이가 난다.

다른 카오스 마수들도 마찬가지였다.

같은 등급의 몬스터들보다 더 강하며, 덕분에 보수도 1.5배 더 많았다.

그 때문에 알파는 다크 아이를 상대로 고전을 면치 못한 것이다.

더군다가 다크 아이는 타락한 분노의 마신 직속 차원 침략 병기였다.

더더욱 차이가 날 수밖에 없었다.

'그래도 성장형이니 지금보다는 더 강해지겠지.'

환수종인 그리폰이라 그런지 알파는 까망이와 마찬가지로 등급 성장이 가능했다.

다만 지금은 이동 수단으로만 쓸 생각이었지만 말이다.

'그럼 이제 윌버 영지에 가볼까.'

나이젤은 입가에 작은 미소를 띠었다. 오랜만에 저스틴을 만날 생각을 하니 즐거워졌기 때문이다.

우유부단한 다리안 영주에게서 뜯어 간 물자들보다 몇 배는 더 뜯어 올 생각이었으니까.

그렇게 나이젤은 딜런이 봤으면 또 무슨 사고를 칠건지 걱정되는 미소를 지어 보였다.

*   *   *

삐이이이익!

그리폰 두 마리가 푸른 하늘을 가로지른다. 나이젤과 주종 계약을 맺은 그리폰 보스 알파와, 마찬가지로 카테리나와 주종 계약을 맺은 알렉세이였다.

알렉세이는 카테리나가 지어준 이름이었다.

'이 속도라면 금방 월버 영지에 도착하겠는데?'

역시 그리폰은 말과 비교도 되지 않을 정도로 빨랐다.

애초에 그린우드 숲에서 월버 영지의 성채 도시까지 멀지 않은 거리였다.

늦어도 해가 지기 전에는 도착할 수 있을 것 같았다.

그 전에 나이젤은 현재 자신의 상태를 점검했다.

임팩트 출력을 한계까지 쥐어짜 낸 탓에 마력이 바닥을 드러냈고 상당히 지쳤다.

그나마 육체 강화 스킬과 까망이의 보조 스킬 덕분에 몸에 부담은 그리 심하지 않았다.

그래도 좀 피곤한 상황.

'이대로 쉬면 낫겠지.'

그 때문에 나이젤은 알파의 등 뒤에 거의 엎드려 누워 있었다.

알파의 몸이 다른 그리폰보다 더 컸기에 불편함은 없었다.

그리고 알파도 나이젤이 쉬려고 하는 걸 알고 있는지 안락한 탑승감을 제공했다.

'이제 빨리 등급만 올리면 되겠군.'

나이젤은 시스템 메시지 로그를 올려봤다.

[축하합니다! C급 무상검법 숙련도가 50%가 되었습니다. 사식(四式), 환영베기를 습득할 수 있습니다.]

[축하합니다! C급 무상투법 숙련도가 50%가 되었습니다. 사식(四式), 나선폭렬파를 습득할 수 있습니다.]

[축하합니다! C급 무상신법 숙련도가 50%가 되었습니다. 무상신법 네 번째 걸음, 이형환위(二形換位)를 습득할 수 있습니다.]

그린우드 숲에서 모든 일을 마치고 윌버 영지로 가려고 할 때 떠오른 메시지였다.

각 검법, 투법, 신법의 숙련도가 50%를 찍자 떠오른 것이다.

'전부 사자.'

나이젤은 전공 포인트를 소모해 각 검법, 투법, 신법의 4초식 들을 습득했다.

초식들을 습득하려면 무공 스킬의 숙련도가 50%는 되어야 하고, 전공 포인트를 소모해야 하니까.

초식 습득 비용은 각각 1,000전공 포인트가 소모되었다. 무공 스킬 등급이 C급이었기 때문이다.

'전공 포인트는 충분해.'

노팅힐 영지에서 1차 웨이브를 막아냈고, 우드빌 영지에서 수많은 워킹 앤트들과 4성 카오스 보스 그랜드 앤트 퀸을 쓰러뜨렸다.

거기다 그린우드 숲에서 역시 마찬가지로 4성 카오스 보스 다크 아이를 가루로 만들었다.

그뿐만이 아니라 전공 포인트도 최소 10만 이상 모았다.

숙련도만 가득 채울 수 있다면 무공 스킬 2개를 B급까지 바로 업그레이드시킬 수 있을 정도였다.

"나이젤 님!"

그때 한창 시스템 정보창을 보며 스킬들을 바라보고 있는 나이젤에게 카테리나가 소리쳤다.

그녀의 외침에 나이젤은 고개를 들었다.

그리고 카테리나가 놀란 표정으로 아래를 내려다보고 있음을 알았다.

나이젤의 시선 또한 자연스럽게 밑을 향했다.

아래를 내려다본 나이젤은 카테리나와 마찬가지로 놀란 표정을 지었다.

"이건 또 어떻게 된 거야?"

*　　　　*　　　　*

약 이틀 전, 월버 영지 성채 도시의 영주성 집무실.

"아직도 먼 것이오?"

그곳에서 초조한 중년 사내의 목소리가 울려 퍼졌다. 그가 바로 트리스탄 월버 남작이었다.

삼국지와 연의로 치면 왕랑에 해당하는 인물이며, 강동을 정벌하는 손책에게 패해 대륙을 유랑한다.

이후 조조가 있는 위나라로 가게 되고, 촉나라의 제갈량을 회유하러 갔으나 되레 역적이라는 소리를 듣고 열이 뻗친 나머지 말에서 떨어져 죽는다.

트리플 킹덤에서도 삼국지와 마찬가지로 비슷한 노선으로 가긴 하지만, 상황에 따라 완전히 달라진다.

트리플 킹덤은 자유도가 높았으니까.

여러 상황에 따라 손책에 해당하는 인물인 브로드에게 월버 남작 일가가 몰살당하는 경우도 있었기 때문이다.

특히 현재 트리플 킹덤 세계는 많은 부분이 달라져 있었다.

PK3 버전인 것도 있지만, 나이젤이 이 세계에서 여러 가지 많은 일들을 해두었기 때문에 나비효과로 인해 어떤 사태가 일어날지 알 수 없었다.

"마무리 작업만 남았습니다만, 시간이 좀 더 걸릴 예정입니다."

월버 남작의 말에 집무실 소파에 앉아 있는 30대 중반의 사내가 홍차를 한 모금 마시며 답했다.

"으음."

그 말에 자신의 집무실 책상에 앉아 있던 월버 남작은 침음성을 흘렸다.

그는 초조한 눈으로 30대 중반의 사내를 바라봤다.

"제론 경, 시간이 없소. 외벽이 언제까지 버틸지 아무도 모르오."

"걱정 마십시오. 이미 지원 요청을 해두었습니다. 설령 외벽이 무너져도 영주성에서 농성을 하면 됩니다. 작업만 무사히 끝난다면 영주성 하나쯤은 충분히 지킬 수 있습니다."

제론이라고 불린 날카로운 눈매를 가진 사내는 여유가 있어 보였다.

"그건 그렇지만……."

그에 반해 월버 남작은 여전히 걱정을 떨치지 못하고 초조한 표정을 짓고 있었다.

도시 외벽이 뚫려 나가고 시민들에게 피해가 나든 말든 상관

없었다.

어쨌거나 자신과 가문의 일족만 살아남으면 되는 일이었으니까.

지금이라도 도망치려고 한다면 얼마든지 몸을 뺄 수 있었다.

하지만 현재 작업 중인 일이 완료되지 않고 마수들의 침략에 영주성이 쓸려 나가면 모든 것을 잃어버리고 만다.

그 때문에 걱정하고 있는 것이다.

"잊지 마십시오, 윌버 남작님. 공작님께서는 이번 사업에 기대를 많이 하고 계십니다. 성공을 하게 되면 막대한 부를 보상받게 되겠지만 실패를 하게 된다면……."

"……."

제론의 말에 윌버 남작은 자기도 모르게 침을 삼켰다.

지금 하고 있는 사업이 실패를 한다?

그렇다면 남는 건 파멸뿐이었다.

이번 사업에 가문에서 어마어마한 자금을 투자했으니까.

실패하면 가문의 모든 것이 날아가 버린다고 해도 과언이 아니었다.

또한 사업 상대인 공작 또한 가만히 있지 않을 터.

"작업이 끝날 때까지 영주성을 지키십시오. 그러면 모든 일이 잘 풀리게 될 것입니다."

"아, 알겠소."

윌버 남작은 고개를 끄덕였다.

무슨 일이 있어도 영주성을 지켜야 했다. 그래야 자신의 가문이 살아남을 수 있을 테니까.

*　　　　　*　　　　　*

그리고 이틀 뒤.

"이건 또 어떻게 된 일이야?"

그리폰을 타고 윌버 영지의 성채 도시 위를 날던 나이젤은 놀란 표정을 지었다.

노팅힐 영지보다 좀 더 큰 규모의 성채 도시가 반파되어 있었기 때문이다.

도시 외벽은 군데군데 허물어져 있었고, 도시 내부도 처참한 지경이었다.

이곳저곳에서 검은 연기와 함께 불타오르고 있었으며, 수많은 건물들이 무너져 내려 있었다.

그뿐만이 아니라 성채 도시 곳곳에서 마수들과 인간들의 시체가 즐비했다.

'늦은 건가?'

나이젤은 이를 악물었다.

이미 카오스 몬스터들이 성채 도시를 휩쓸고 지나간 모양이었다.

비록 저스틴을 비롯한 윌버 남작가는 마음에 들지 않았지만, 성채 도시의 시민들이 죽어 있는 모습을 보니 마음이 착잡했다.

'그래도 너무 빠른데.'

변경 영지의 군사들 중에서 윌버 영지군은 나름 정예병들이었다.

거기다 기사급 무장들도 4명 있었다.

그런데 공격을 받은 지 얼마나 되었다고 벌써 이렇게 황폐화되어 있단 말인가?

'대체 얼마나 살아남았을지…….'

나이젤은 성채 도시 상공을 날며 주변을 둘러봤다.

시민들이 완전히 전멸하진 않았을 것이다.

월버 영지의 성채 도시에는 1만 명이 넘는 시민들이 거주하고 있었으니까.

그중에는 성채 도시에서 도망친 사람들도 있을 것이고, 지금도 도시 어딘가에 숨어 있는 사람들 역시 있을 터였다.

"나이젤 님!"

그때 나이젤과 함께 상공을 날고 있던 카테리나가 손짓하며 소리쳤다.

나이젤은 그녀가 가리키는 방향을 바라봤다.

성채 도시 북쪽 끄트머리에 제법 커 보이는 영주성이 있었다.

"저건?"

그곳을 바라본 나이젤은 놀란 표정을 지었다.

노팅힐 영지의 영주성보다 조금 더 크고 견고해 보이는 성벽 앞에 새까맣게 몰려 있는 카오스 몬스터들이 있었으니까.

"어떻게 할까요?"

카테리나의 물음에 나이젤은 월버 성채 도시를 내려다봤다.

성채 도시 곳곳에 카오스 몬스터들이 어슬렁거리며 돌아다니는 모습이 보였다.

그에 반해 영주성 앞에는 상당히 많은 수의 카오스 몬스터들이 몰려 있었다.

"리나, 우선 도시 안에 있는 놈들을 소탕해. 그리고 생존자들이 있으면 최대한 구해서 안전한 장소에 숨겨놓고. 그 일이 끝나면 영주성으로 와라."

"영주성에 혼자 가실 생각인가요?"

카테리나는 놀란 표정으로 되물었다.

"어. 저놈들은 내 거야."

나이젤은 영주성에 있는 카오스 몬스터들을 바라보며 웃어 보였다.

영주성 앞에 있는 몬스터들은 대체로 1성에서 2성급이었다. 수가 많긴 했지만 상대하지 못할 정도는 아니었다.

그리고 대부분의 카오스 몬스터들이 영주성에 몰려 있는 덕분에 도시 안에는 그 수가 많지 않았다.

카테리나 혼자서도 충분히 쓰러뜨릴 수 있었다.

"하지만……."

"걱정되면 빨리 끝내고 오든가."

"네… 기다리고 계세요!"

나이젤의 말에 카테리나는 그리폰과 함께 멀어지기 시작했다.

나이젤의 말대로 빠르게 도시 안의 카오스 몬스터들을 정리하고 생존자들을 구출할 생각이었으니까.

그래야 빠르게 나이젤을 도우러 영주성에 갈 수 있으니 말이다.

"그럼."

카테리나와 헤어진 나이젤은 알파와 함께 영주성 상공으로 날아가 아래를 내려다봤다.

[카오스 오크]
[등급] 2성 일반.
[능력치]
무력: 38. 통솔: 38.
지력: 32. 마력: 30.
[특기] 괴력(E), 회복(E).

"카오스 오크라."

월버 영지를 휩쓸고 지나간 마수들은 다름 아닌 카오스 오크들이었다.

생김새는 일반 오크와 별다를 바 없었지만 덩치가 조금 더 컸다.

일반적으로 오크들은 고블린보다 조금 더 키가 큰 1.5미터 정도였다.

하지만 카오스 오크들은 거의 2미터에 육박할 정도로 키가 컸으며 근육과 덩치 또한 우락부락했다.

아무리 월버 영지군이 정예 병사라고 해도 혼자서 두 명은 씹어 먹을 것 같은 모습이었다.

또한, 이 세계에서 나이젤이 가장 처음 상대한 카오스 고블린보다 능력치도 더 높았다.

그뿐만이 아니라 카오스 오크들의 어깨와 견갑골 부근에 기분 나쁜 촉수들이 돋아나 흔들거리고 있었다.

몬스터 플러드가 시작되기 전, 카오스 고블린 토벌전 튜토리얼에서는 촉수를 가진 몬스터는 없었다.

하지만 몬스터 플러드가 시작되자 카오스 몬스터들은 촉수들을 가지고 나타났다.

희생자들의 생명력과 마력을 흡수하기 위해서.

그 외에도 카오스 고블린과 다른 점은 무장 상태였다.

카오스 고블린들이 고작해야 방망이 하나를 가지고 있었다면, 카오스 오크들은 나름 두터운 가죽 갑옷을 착용하고 있었고, 검과 창을 기본 무기로 들고 있었다.

거기다 영주성을 공격 중인 카오스 오크들의 숫자는 최소 200마리가 훨씬 넘는 상황.

오크들은 영주성을 공략하기 위해 성벽을 타고 올라가거나, 아니면 몸통을 부딪치며 성문을 부수려 했다.

크아! 크아아아!

그리고 무엇보다 오크 약 200마리를 지휘하고 있는 놈이 있었다.

[카오스 오크 챔피언, 크랄.]
[등급] 2성 네임드 카오스 보스.
[타입] 파워.
[능력치]
무력: 68. 통솔: 69.

지력: 53. 마력: 52.

[특기] 괴력(C), 전사의 함성(C), 재생(C).

다른 오크들보다 머리 하나 높이만큼 더 큰 2성급 카오스 보스 몬스터.

한쪽 눈에는 길게 찢어진 상처가 있었고 험악한 인상을 가진 놈이었다.

'영주성에 생존자들이 있는 건가?'

나이젤은 상공에서 영주성 안쪽을 살펴봤다.

역시나 영주성 안에는 성채 도시에서 살아남은 시민들이 있었고, 영지군 병사들이 성벽 위에서 필사적으로 오크들을 막기 위해 싸우는 모습도 보였다.

'오래 버티진 못하겠군.'

나이젤은 눈살을 찌푸렸다.

비록 농성전이라는 전투적으로 유리한 전략을 취하긴 했지만, 오크들을 상대로 싸울 인원수가 절대적으로 부족했다.

살아남은 영지군 병사들은 수십 명도 되지 않았으니까.

일부 시민들이 영지군과 힘을 합쳐 오크들을 상대하고 있긴 했지만 그래도 역부족이었다.

쾅! 쾅쾅쾅!

또한 상황도 좋지 않았다.

나이젤이 상공을 날고 있는 중에도 성문은 오크들의 손에 금방이라도 뚫릴 것처럼 흔들거리고 있었으니까.

"성문을 지켜라!"

"문이 뚫리면 끝이다!"

"문을 지켜!"

성벽 위에서 영지군 병사들은 난리가 났다.

성벽을 기어오르려고 하는 오크들은 어떻게 막아낼 수 있었지만, 성문은 아니었으니까.

거기다 성문은 나무로 만들어져 있었다.

그나마 나무들 중에서 가장 단단하고 두터운 베인홀츠로 만들어졌기에 제법 버티고 있는 중이었다.

하지만 시간이 지날수록 오크들의 공격에 약해져 가고 있는 상황.

나이젤의 생각대로 오래 버틸 수 없었다.

그 때문에 영지군 병사들과 살아남은 시민들의 얼굴에는 짙은 그림자가 드리워져 있었다.

'일단 저놈들부터 정리해야겠군.'

나이젤의 입꼬리가 살짝 올라갔다.

그렇지 않아도 숙련도 경험치가 다 차서 B급으로 승급시키려면 어마어마한 전공 포인트가 필요했다.

그 때문에 지금 나이젤에게 있어 카오스 오크들은 걸어 다니는 전공 포인트에 지나지 않았다.

나이젤은 건틀렛을 꽉 움켜쥐었다.

"임팩트 출력 25%."

[임팩트 출력 25% 승인.]

이윽고 나이젤의 건틀렛에서 맥동 치듯 충격파가 흘러나왔다.

"내려가자."

삐이익!

나이젤의 말에 한 차례 울음소리를 낸 알파는 천천히 하강하기 시작했다.

카테리나를 태운 알렉세이도 알파의 뒤를 따랐다.

5미터에 달하는 거대한 알파가 상공에서 내려오자 지상에 있던 오크들과 윌버 영지의 시민들이 하늘을 올려다봤다.

그 상황에서 나이젤은 알파의 등을 박차고 지면을 향해 뛰어내렸다.

약 10미터 이상의 높이에서.

[나이트 울프 까망이가 섀도우 아머를 시전합니다.]

[육체 강화 스킬을 발동합니다.]

이윽고 나이젤은 영주성 성문을 공격 중이던 오크들의 머리 위에 떨어져 내렸다.

콰아아아앙!

어마어마한 굉음과 함께 지면의 흙과 돌들이 치솟아 오르면서 폭발이 일어났다.

거기에 성문 앞으로 방사형의 충격파까지 터져 나오면서 주변에 있던 오크들을 휩쓸어 버렸다.

꿰에에에엑!

오크들은 괴성을 지르며 사방으로 튕겨져 날아갔다.

잠시 후, 흙먼지가 가라앉으면서 성문 앞에 떨어져 내린 나이젤이 모습을 드러냈다.

오른쪽 무릎은 꿇고 있고, 오른손은 지면에 닿아 있는 자세로.

Chapter

5

"후."

나이젤은 길게 숨을 내쉬며 자리에서 일어났다.

나이젤을 중심으로 지면에 크레이터가 생겨나 있었다. 떨어져 내릴 때 생긴 충격으로 지면이 움푹 파인 것이다.

그리고 지면에 착지할 때 받은 충격 때문에 온몸이 삐걱거리는 느낌이었다.

하지만 신체 강화 보조 스킬들 덕분에 움직이지 못할 정도는 아니었다.

"와아아아아아아!"

뒤이어 영주성 쪽에서 우렁찬 함성 소리가 울려 퍼졌다.

나이젤이 성문 앞에 모여 있던, 약 수십 마리가 넘는 오크들을 한꺼번에 날려 버렸으니까.

바닥을 치고 있던 월버 영지군의 사기가 한순간에 치솟아 올랐다.

'별로 네놈들을 위한 건 아닌데.'

뒤에서 들려오는 환호 소리에 나이젤은 속으로 쓴웃음을 지었다.

월버 영지군은 트리스탄 남작의 개인 사병들이다.

그 때문에 딱히 그들을 구할 생각은 없었다.

단지, 그들과 함께 있는 시민들을 구하려 했을 뿐.

'월버 영지는 끝났어.'

현재 월버 영지의 상황은 우드빌 영지보다 심각했다. 이미 한 번 카오스 몬스터들에게 휩쓸렸으니까.

상공에서 도시를 둘러보았을 때, 카오스 몬스터들은 대부분 영주성에 몰려 있었다.

하지만 당연히 이걸로 끝이 아니다.

언제 또다시 카오스 몬스터들이 몰려올지 알 수 없었다.

그렇기에 월버 또한 우드빌처럼 영지를 버리고 떠나야 하는 상황이었다.

그래서 나이젤이 오크들을 쓰러뜨리려고 한 것이다.

영주성에 있는 월버 영지의 생존자들을 구해 노팅힐 영지로 받기 위해서.

트리스탄 월버 남작이 영주성을 피난소로 내줄 정도이니 분명 영지를 운영하는 데 도움이 될 만한 능력을 가진 자들일 확률이 높았다.

별다른 능력이 없는 일반인들에게 영주성을 피난소로 내줄

만큼 트리스탄 남작의 인성은 좋지 않았으니까.

'저놈들 받고 더블로 간다.'

나이젤은 눈앞에 있는 초록빛 광택이 감도는 피부를 가진 카오스 오크들을 바라봤다.

저놈들을 쓰러뜨리면 전공 포인트를 받을 수 있고, 영주성에 있는 윌버 영지의 시민들까지 얻을 수 있을지도 몰랐다.

크아아아아!

그때 카오스 오크 챔피언 크랄이 길게 포효를 내질렀다.

그러자 성벽을 공격하던 카오스 오크들이 사방에서 나이젤을 향해 몰려들기 시작했다.

"까망아."

그릉!

나이젤의 부름에 나이트 울프로 진화한 까망이가 그림자 속에서 퐁 튀어나왔다.

전체적으로 강아지에서 늑대에 가까워지긴 했지만, 여전히 얼굴에는 여우의 모습이 남아 있었다.

마치 늑대와 여우를 섞은 것처럼 보이는 귀여운 모습이었다.

"인사 좀 해줘라."

그아앙!

나이젤의 말에 까망이는 귀여운 울음소리를 내더니 지면에 우뚝 섰다.

[당신의 소환수 나이트 울프 까망이가 섀도우 불렛을 시전합니다!]

즈즈즘!

까망이의 머리 위로 그림자처럼 보이는 작은 마력 탄환들이 생성되기 시작했다.

다크 아이의 고유 특성 중 하나인 마력 방출(A)을 습득하면서 생긴 새로운 스킬 섀도우 불렛이었다.

그아아아아앙!

까망이는 귀엽게 포효하며 섀도우 불렛을 카오스 오크들을 향해 날렸다.

투두두두둥!

손바닥보다도 작은 구체들이 공간을 가르며 날았다.

일반 화살보다도 느린 속도.

크기도 작고, 속도도 느렸기에 카오스 오크들은 자신들에게 날아오는 검은 구체들을 신경도 쓰지 않았다.

그들은 단단한 가죽 갑옷으로 무장하고 있었으니까.

하지만,

펑! 퍼버버벙!

카오스 오크들을 덮친 섀도우 불렛은 작은 폭발을 일으켰다.

위력 자체는 위협적이지 않았다.

주먹으로 한 대 치는 정도의 폭발력이었으니까.

단지 수가 많았다.

투두두두두두!

까망이는 계속해서 속사포처럼 카오스 오크들을 향해 섀도우 불렛을 날렸다.

컥! 크헉!

수도 없이 많은 섀도우 불렛에 전신을 두들겨 맞은 카오스 오크들의 움직임이 주춤거렸다.

그들 중에 제대로 섀도우 불렛에 맞은 녀석들은 지면에 대자로 뻗기까지 했다.

'역시 견제용으로 딱 좋네.'

본래 까망이는 서포터인 소환수였다.

공격형 소환수가 아니었기에 원거리 공격력은 그리 좋지 않았다.

하지만 나이젤의 마력을 공급받을 수 있었기 때문에 섀도우 불렛의 효과는 제법 좋았다.

수십 마리가 넘는 카오스 오크들이 다가오지 못하고 나가떨어지는 중이었으니까.

그사이 나이젤은 준비를 마쳤다.

[라스트 어빌리티, 익스터미네이션 임팩트 50% 한정 기동 승인.]

무상검법(無上劍法).

영식(零式) 개(改),

발검(拔劍) 무명베기(無明斬)!

쾅! 슈아아아아악!

아다만트의 검집 안에서 충격파가 폭발하듯 터지며 검이 뽑혀져 휘둘러졌다. 그리고 날카로운 충격파가 전방을 향해 뻗어 나갔다.

서걱! 서걱!

범위 안에 있던 카오스 오크들의 몸통이 두 동강이 나거나 팔다리가 허공을 날며 초록색 체액이 흩뿌려졌다.

크륵! 크아악!

카오스 오크들의 비명 소리가 전방에서 터져 나왔다.

방금 전 일격으로 열 마리가 넘는 오크들이 전투 불능 상태가 됐다.

하지만 여전히 오크들의 숫자는 백 마리가 넘게 남아 있었다.

크아! 크아아!

그때 카오스 오크 챔피언 크랄이 대형 도끼를 치켜들고 괴성을 내질렀다.

그러자 오크들이 뒤로 물러나는 게 아닌가?

그리고 물러나는 오크들 뒤에 다가오고 있는 무리들이 있었다.

"저놈들은… 궁수들인가?"

놀랍게도 그들은 카오스 오크 궁수들이었다.

또한 카오스 오크들은 일사불란한 움직임까지 보였다.

그건 마치,

'이거, 완전 군대 아니야?'

창과 검과 활로 무장해 있는 카오스 오크 군이었다.

진현이 트리플 킹덤 게임에서 첫 번째 에피소드를 플레이했을 때는 없었던 요소였다.

그때는 그저 대륙 전역에서 몬스터들이 몰려나와 각 영지를 휩쓸고 지나갔을 뿐이었으니까.

카오스 몬스터들은 등장하지도 않았으며, 촉수로 생명력과 마력을 흡수하는 일도 하지 않았다.

그런데 카오스 몬스터들로 이루어진 군대까지 등장할 줄이야.

'역시 마족들이 보낸 침략 부대 같은 건가?'

이 세계를 정복하기 위해 왔다던 중급 마족 파이런.

아무래도 카오스 몬스터들은 마족들이 보낸 침략 부대인 모양이었다.

슈슈슉!

하지만 나이젤의 생각은 길게 이어지지 못했다.

카오스 오크 궁병들이 나무 화살을 쏴대기 시작한 것이다.

[브레이크 임팩트 출력 25% 승인.]

비처럼 쏟아지는 수십 발의 나무 화살들을 바라보며 나이젤은 임팩트를 발동시켰다.

그리고 공간에 파문처럼 충격파가 흘러나오는 양 주먹을 맞부딪쳤다.

엑스트라 어빌리티(Extra Ability),

스매쉬 임팩트(Smash Impact)!

콰아아아앙!

나이젤을 중심으로 충격파가 물결처럼 터져 나왔다.

후두두두둑!

그리고 충격파에 휩쓸린 나무 화살들이 튕겨져 날아가거나 힘을 잃고 지면에 떨어져 내렸다.

크, 크륵?

그 모습을 본 카오스 오크 궁병들은 놀란 듯 눈을 부릅떴다.

설마 수십 발의 화살들이 이토록 간단히 막힐 줄은 몰랐으니까.

쿵!

순간 나이젤의 모습이 흐릿해졌다.

무상신법(無上迅法).

보법(步法), 질풍신보(疾風迅步)!

카오스 오크 궁병들을 향해 질풍처럼 내달리기 시작한 것이다.

팡! 팡!

공기를 찢는 소리를 내며 나이젤은 카오스 오크 무리들의 한복판에 뛰어들었다.

슈아아악!

그리고 달려드는 기세 그대로 아다만트를 발검하며 휘둘렀다.

슈가가각!

아다만트의 검날이 번득일 때마다 오크 궁수들의 팔과 활이 두 동강이 나며 허공을 튀어 올랐다.

쿠에엑!

뒤늦게 궁병들이 괴성을 지르며 뒤로 물러나려고 했지만 이미 늦었다.

마치 검무를 추는 것처럼 부드럽게 움직이는 아다만트의 궤적에 궁병들의 머리통이 날아가고 있었으니까.

얼마 지나지 않아 나이젤은 무상검법과 유운보의 조합으로 대부분의 오크 궁병들을 전멸시켰다.

크아악!

마지막 남은 궁병의 머리통을 날려 버린 나이젤은 아다만트를 아래로 한 번 휘둘렀다.

후두둑!

그러자 아다만트에 묻어 있던 초록색 체액이 지면에 떨어져 내렸다.

그 후 주변을 둘러보는 나이젤의 눈에 경악한 표정으로 자신을 바라보고 있는 카오스 오크 검병들과 창병들이 보였다.

크, 크르!

그때 카오스 오크 한 마리가 겁에 질린 표정으로 뒷걸음질을 치더니 몸을 돌려 달리기 시작했다.

달랑 검 한 자루로 20마리가 넘는 동료들을 순식간에 학살한 나이젤에게 공포를 느낀 것이다.

그아아앗!

뒤이어 다른 카오스 오크들도 겁에 질린 괴성을 내지르며 몸을 돌렸다.

그 순간.

콰직!

가장 먼저 몸을 돌리고 도망치던 카오스 오크의 정수리 위로 거대한 대형 도끼가 내려찍혔다.

그 모습에 도망치려고 했던 카오스 오크들이 멈칫거렸다.

카오스 오크 챔피언 크랄이 탈주자의 정수리를 쪼개 버린 것이다.

그 때문에 카오스 오크들은 도망가지도 못하고 제자리에 멈춰 선 채 크랄과 나이젤을 번갈아 바라봤다.

크롸아아아아!

그때 크랄이 카오스 오크들을 향해 길게 포효를 내질렀다.

오크들의 사기를 끌어올려 주는 전사의 함성이었다.

그 소리에 카오스 오크들의 눈빛이 서서히 광폭하게 변해갔다.

와아아아아아아!

이윽고 전사의 함성에 자극을 받은 다른 카오스 오크들도 크랄과 함께 함성을 내지르기 시작했다.

'이놈 봐라?'

나이젤은 눈살을 찌푸리며 크랄을 노려봤다. 크랄 때문에 카오스 오크들의 사기가 급속도로 차올랐으니까.

그뿐만이 아니다.

카오스 오크들은 살기등등한 붉은 눈으로 나이젤을 노려보고 있었다.

전사의 함성은 사기를 끌어올려 주었을 뿐만이 아니라, 버서커 상태로 만들어주는 스킬이었으니까.

'역시 저놈부터 먼저 처리해야겠군.'

그래도 명색이 2성 네임드 카오스 보스인지 오크들을 지휘하는 능력이 있는 모양이었다.

검병과 창병을 물려서 궁병으로 공격을 하는가 하면 오크들의 사기 진작과 흉포화까지 시켰으니까.

거기다 흉포화를 하게 되면 공격성과 신체 능력도 증가하는 효과가 있었다.

일단 나이젤은 크랄부터 처리하기로 마음먹었다.

와아아아아아!

하지만 그 전에 먼저 버서커 카오스 오크들이 나이젤 앞을 가로막았다.

아직 카오스 오크 병사들은 100마리가 넘게 남아 있었으니까.

삐에에에엑!

그때 상공에서 그리폰의 울음소리가 들려왔다.

알파였다.

창공을 가로지르며 날던 알파는 날개를 좁게 접더니 가속하기 시작했다.

슈아아아아악!

공기를 찢는 파공성과 함께 알파의 날개에 바람으로 이루어진 날카로운 칼날이 생겨났다.

폭풍의 칼날,

템페스트 블레이드!

초고속으로 지면 가까이 내려온 알파는 몸을 비스듬하게 기울였다.

지면과 수직이 되게 날기 시작한 것이다.

그러자 날개에 생겨난 템페스트 블레이드가 지면을 긁어내며 움푹 파인 자국이 길게 났다.

그 상태로 알파는 카오스 오크 병사들을 향해 날아갔다.

어마어마한 속도로 지면을 낮게 날며 카오스 오크 병사들 위를 지나가는 5미터 크기의 거대한 그리폰.

콰가가가가각!

순식간에 충격파와 함께 템페스트 블레이드가 카오스 오크 병사들을 도륙하며 튕겨내 버렸다.

크륵! 크아아아!

카오스 오크 병사들은 몸이 산산조각 나면서 비명을 내지르며 스러져 갔다.

그 이후에도 몇 번 알파는 오크들의 머리 위를 수직으로 낮게 날며 소닉붐과 템페스트 블레이드로 정리했다.

그렇게 나이젤과 크랄을 가로막고 있던 카오스 오크 병사들은 깨끗이 정리되었다.

그 틈을 나이젤은 놓치지 않았다.

질풍신보를 펼치며 2성 네임드 카오스 보스 크랄을 향해 달려든 것이다.

아직 주변에는 카오스 오크들이 남아 있었지만, 질풍처럼 빠르게 달려드는 나이젤을 막을 수 없었다.

눈 깜짝할 사이에 크랄 앞까지 달려든 나이젤은 건틀렛을 내질렀다.

무상투법(無上鬪法).

일식(一式), 파쇄붕권(破碎崩拳)!

그 직후, 나이젤과 크랄 사이에 어마어마한 굉음이 터져 나왔다.

카아앙!

둔탁한 쇳소리가 터져 나오며 나이젤은 살짝 눈살을 찌푸렸다.

크랄이 파쇄붕권을 막아냈으니까.

크랄은 대형 양날 도끼 옆면으로 나이젤의 건틀렛을 막아내고 있었다.

그뿐만이 아니다.

나이젤의 공격을 막아낸 직후, 크랄은 바로 양날 도끼를 치켜들었다.

지금 나이젤은 크랄의 바로 앞인 데다가 파쇄붕권을 쓴 직후였기 때문에 막지도 피하지도 못하는 상황.

크르르.

마치 그 사실을 알고 있는 것처럼 크랄은 나이젤을 내려다보며 송곳니가 튀어나온 입꼬리를 슬쩍 치켜올려 보였다.

'이놈이?'

나이젤은 인상을 찌푸렸다.

크랄이 명백하게 도발을 해왔으니까.

확실히 이대로라면 크랄의 대형 양날 도끼에 두 조각이 날 판이었다.

하지만.

무상투법(無上鬪法).

삼식(三式).

공파(攻破) 철산고(鐵山靠)!

크랄이 양날 도끼를 치켜든 지금, 상황은 오히려 나이젤에게 기회였다.

오른 주먹을 내지르며 파쇄붕권을 썼던 나이젤은 양날 도끼를 치켜든 크랄의 품속으로 빠르게 파고들며 팔을 안으로 굽혔다. 그리고 팔꿈치로 크랄의 명치를 찔러 들어갔다.

퍼억!

크아!

생각지도 못한 공격에 명치를 고스란히 내준 크랄은 짧은 비명을 지르며 몸이 앞으로 꺾였다.

하지만 아직 나이젤의 공격은 끝나지 않았다. 뒤이어 전신의 체중을 실은 어깨와 등으로 크랄의 가슴과 배를 후려쳤다.

쾅!

크허억!

전신의 체중을 실어 회전하며 등으로 상대를 가격하는 철산고.

삼식 공파 철산고는 먼저 팔꿈치로 상대를 공격한 후, 어깨와 등으로 후려치는 2연격이 가능한 기술이었다.

그리고 일식 파쇄붕권에 이어서 연속 공격이 가능하다는 장점도 있었다.

물론 공파 철산고를 사용한 직후에도 연속 공격이 가능했다.

현재 공파 철산고에 가격당한 크랄은 뒤로 밀리며 공중에 살짝 떠 있는 상태였다. 그 상황에서 나이젤은 앞으로 뛰어오르며 몸을 회전시켰다.

무상투법(無上鬪法).

이식(二式), 무상선풍퇴(無上風腿)!

공중에서 몇 바퀴 회전한 나이젤의 발뒤꿈치가 크랄의 안면을 후려쳤다.

콰앙!

강철 부츠를 신고 있던 탓에 상당히 둔탁한 소리가 울려 퍼졌다.

분명 상당한 대미지를 입었을 터.

호쾌한 타격음과 함께 잠시 의식이 날아간 크랄의 몸이 실이 끊어진 인형처럼 수 미터가 넘게 허공을 날았다.

팟!

순간 나이젤의 모습이 사라졌다.

무상보법 세 번째 걸음, 전광석화를 발동하며 크랄을 향해 질주하고 있었던 것이다.

눈 깜짝할 사이에 나이젤은 뒤로 날고 있던 크랄을 따라잡았다.

그리고 정신을 잃고 있는 크랄의 발목을 양손으로 붙잡고 지면에 패대기쳤다.

콰아앙!

크아아악!

지면에 내던져진 충격으로 작은 크레이터를 만들어낸 크랄이 비명 같은 괴성을 지르며 눈을 떴다.

"비, 빌어먹을 인간 놈……."

그때 놀랍게도 크랄이 입을 열며 아크 대륙 공용어를 말하는 게 아닌가?

"말을 할 줄 아는 건가?"

나이젤은 살짝 놀란 표정을 지었다가 이내 납득했다.

노팅힐 영지 근처에 있던 히든 던전의 2성 네임드 보스, 코볼트 커맨더 가르펜도 말을 할 줄 알았으니까.

2성 카오스 네임드 보스인 크랄이 말을 해도 이상하지 않았다.

"다크 아이는 못 하던데."

"나를 그것과 똑같이 취급하지 마라."

크랄은 포효하듯 낮은 목소리로 말했다. 다크 아이는 마신이 만든 생체 병기로 도구와도 같은 존재였으니까.

비록 높은 지력과 지략, 지성을 가졌지만, 명령에 복종하고 임무 완수만을 생각하는 살아 있는 도구에 가까웠다.

"어쨌든 말을 할 줄 아니 다행이군."

나이젤은 웃으며 크랄을 내려다봤다.

중급 마족 파이런은 아쉽게도 놓쳤지만 눈앞에 있는 크랄은 이미 제압된 것과 마찬가지였다.

놈에게서 마족이나 마신에 대해 정보를 캐낼 생각이었다.

"네놈에게는 한마디도 하지 않을……."

"좀 자라."

퍽!

나이젤은 크랄의 말허리를 자르며 발로 머리를 찼다. 그러자 크랄은 바로 기절하며 정신을 잃었다.

크랄을 통해서 알아내야 할 정보가 많았다.

마족과 마신은 어떤 존재인지, 그들의 군세는 어느 정도인지 등등.

파이런이 아니라 아쉽긴 했지만 어쩔 수 없었다.

'그럼.'

나이젤은 주변을 둘러봤다.

크랄이 쓰러지자 상황은 급변했다.

알파와 드잡이질을 하면서 악착같이 영주성을 공격하던 카오스 오크들이 뿔뿔이 흩어지고 있었던 것이다.

지휘관인 크랄이 패배하자 사기가 떨어진 카오스 오크들은 줄행랑을 치고 있었다.

"나이젤 님!"

그리고 저 멀리서 카테리나가 그리폰을 타고 날아오는 모습이 보였다.

도시 안의 카오스 오크들을 전부 처리한 모양이었다.

'당분간은 안전하겠군.'

나이젤은 힐끗 크랄을 바라봤다.

지휘관이었던 크랄을 제압했으니 당분간 카오스 오크들은 몰려오지 않을 것이다.

크랄보다 더 상위인 최소 3성 이상의 지휘관 클래스라도 나타나지 않는 한.

그리고.

끼이이익!

굳게 닫혀 있던 영주성의 성문이 열리기 시작했다.

*   *   *

"먼저 감사를 표하지."

성문을 열고 나타난 사람은 다름 아닌 윌버 영지의 영주인 트리스탄 남작이었다.

그리고 놀랍게도 나이젤에게 고개를 살짝 숙이며 감사를 표해 왔다.

이유야 어찌 되었든 나이젤의 도움을 받았으니까.

만약 나이젤이 나타나지 않았다면 영주성은 카오스 오크들에 게 쓸려 나갔을지도 몰랐다.

하지만 윌버 남작의 표정은 결코 좋지 않았다.

도움을 받고 싶지 않은 인물에게 도움을 받았으니까.

"무슨 일로 우리 영지에 왔는지 모르겠지만 일이 끝났으면 그 만 돌아가게."

명백한 축객령.

윌버 남작은 싫은 기색을 역력히 내비쳤다.

눈앞에 있는 청년이 누구인지 이미 알고 있었으니까.

영주성 밖에서 싸우고 있는 인물이 누구인지 장남인 저스틴 이 입에서 침이 튈 정도로 열변을 토해냈던 것이다.

설마 무능하고 우유부단하다며 무시한 다리안 영주의 백부장 에게 도움을 받게 될 줄이야.

그뿐만이 아니다.

눈앞에 있는 청년에게 유능한 기사급 무장을 두 명이나 잃었 다.

자유 기사 월터와 자유 용병 허스트.

둘 다 자신의 영지에 영입하려고 했던 인물들이었다.

그랬기에 윌버 남작은 나이젤이 달갑지 않았다.

거기다 노팅힐 영지의 평민 백부장이지 않은가?

"저도 딱히 윌버 남작님을 보러 온 건 아닙니다. 그리고 아직 볼일이 끝난 것도 아니고요."

"뭐라고?"

월버 남작은 눈썹을 찌푸리며 나이젤을 노려봤다.

그는 지금 속이 부글부글 끓었다.

무능하고 바보 같은 다리안 영주의 백부장 따위가 감히 자신에게 건방진 소리를 해댔으니까.

그것도 평민 출신의 백부장 나부랭이가 말이다.

"무엄하다! 당장 무릎을 꿇지 못할까!"

그때 월버 남작 뒤에서 가신으로 보이는 중년 기사 한 명이 앞으로 나서며 소리쳤다.

트리플 킹덤 게임의 오리지널 캐릭터이자, 트리스탄 월버 남작의 오른팔인 기사, 데이론이었다.

"됐네."

하지만 월버 남작은 냉정했다

지금 여기서 나이젤과 싸우면 자신의 이미지만 나빠진다.

거기다 계획에 문제가 생길 수도 있었다.

그 때문에 짧게 한숨을 내쉰 월버 남작은 데이론을 제지했다.

그러자 데이론은 말없이 무서운 눈으로 나이젤을 노려봤지만, 그 이상 나서진 않았다.

"솔직히 자네를 보고 있는 건 썩 기분이 좋지 않아. 그만 돌아가 주었으면 좋겠군."

월버 남작은 언짢은 표정으로 나이젤을 바라봤다.

나이젤과 함께 있고 싶지 않은 기색이 역력했다.

하지만 나이젤은 이대로 물러날 생각이 없었다.

"윌버 남작님, 영주성에서 계속 농성할 생각입니까? 더 늦기 전에 영지를 떠나는 게 좋을 텐데요?"

"뭐라고?"

나이젤의 말에 윌버 남작의 눈썹이 꿈틀거렸다. 그리고 윌버 남작과 데이론이 뭐라 말을 하기 전에 나이젤은 재차 입을 열었다.

"마수들의 공격은 이제 시작일 뿐입니다. 하지만 다행히 지금은 성채 도시에 마수들이 없지요. 지금이 아니면 도망칠 기회는 없……."

"닥쳐라!"

순간 윌버 남작이 발작적으로 소리치며 나이젤의 말을 끊었다.

"이곳의 영주는 나다! 감히 네놈이 뭔데 영지를 떠나라고 하는 것이냐!"

윌버 남작은 붉어진 얼굴로 나이젤에게 삿대질하며 소리쳤다.

영지를 버린다니.

절대로 해서는 안 될 일이었다.

그랬다간 윌버 남작가는 망하고 말 테니까.

"한 번만 더 나에게 헛소리를 한다면 대가를 치르게 될 것이다!"

윌버 남작은 흥분한 표정으로 나이젤을 노려봤다.

불과 조금 전과는 확연히 다른 태도였다.

나이젤이 영주를 떠나라고 말하기 전까지만 해도 윌버 남작은 냉정한 편이었다.

하지만 지금은 명백히 흥분한 얼굴로 나이젤에게 삿대질을 하며 소리치고 있지 않은가?

'뭐지?'

조금 전과 확연히 다른 태도에 나이젤은 의구심이 잠깐 생겼다가 사라졌다. 아직 월버 남작과의 대화가 끝나지 않았으니까.

나이젤은 영주성 안을 둘러보며 재차 입을 열었다.

"월버 남작님, 한 가지 착각하고 계시고 있나 본데 전 남작님에게만 한 말이 아닙니다. 이곳에 있는 모든 사람들에게 한 말이죠."

"뭐?"

순간 월버 남작은 멍한 표정을 지었다. 그리고 이내 얼굴을 일그러뜨리며 나이젤을 노려봤다.

"네, 네놈!"

"성채 도시가 무너진 상황에서 영주성이 안전할 거라 생각하는 겁니까?"

"네놈이 참견할 일이 아니다! 내 성에서 썩 나가라!"

월버 남작은 화가 난 표정으로 소리쳤다. 마음 같아서는 나이젤을 때려죽이고 싶겠지만, 그럴 수 없었다.

보는 눈들이 많은 데다가, 이유가 어찌 되었든 영주성의 사람들을 구한 생명의 은인이었으니까.

명분도 없이 나이젤을 건드렸다가 나중에 문제가 생길 수 있었다.

'일을 크게 만들어서는 안 돼.'

비록 나이젤의 말에 흥분하기는 했지만, 이성이 완전히 날아갈 정도는 아니었다.

덕분에 적당한 선에서 나이젤을 내칠 생각이었다.

나이젤이 얼마나 강한지 혼자서 카오스 오크들을 격퇴하는 모습을 보면 알 수 있는 일이었으니까.

괜히 나이젤을 건드렸다가 일이 커져 버리면 자신의 계획에 지장이 생길 수 있었다.

'이대로 영주성을 떠날 수 없지.'

윌버 남작의 목적은 어떻게든 영주성을 카오스 오크들로부터 지켜내는 것.

앞으로 며칠만 버틴다면 프리츠 공작의 지원군이 도착한다.

그리고 제론이 작업을 완료한다면 지원군이 도착하기 전까지 충분히 영주성을 지킬 수 있었다.

또한 제론의 작업이 끝날 때까지 몇 시간도 채 남지 않은 상황.

제론이 작업을 끝내는 데까지 필요한 시간을 나이젤이 벌어다 주었으니.

'눈앞에 있는 저놈만 사라진다면 완벽하다.'

만에 하나 제론이 하고 있는 일을 나이젤이 알게 되면 여러모로 골치 아파지니까.

제론의 작업은 프리츠 공작으로부터 명령받은 기밀 사항이었다.

그러니 이제 나이젤만 얌전히 노팅힐 영지로 돌아간다면 아무런 걱정이 없었다.

하지만 그런 윌버 남작의 계획에 초를 치는 놈이 있었다.

"갈 땐 가더라도 카테리나는 놔두고 가라! 이 도둑놈아! 그녀
는 내 거다!"

다름 아닌 윌버 남작의 장남인 저스틴 윌버였다.

저스틴은 윌버 남작의 말에 이어 나이젤을 향해 삿대질을 하
며 소리쳤다.

그의 입장에서는 지금까지 애지중지하며 키워온 카테리나를
나이젤에게 어이없이 빼앗긴 것이었으니까.

이번 기회에 그녀를 돌려받을 생각이었다.

"도둑놈?"

나이젤은 날카로운 눈으로 저스틴을 노려봤다.

"흡!"

그러자 저스틴은 한 차례 흠칫거렸지만 이내 고개를 빳빳이
치켜들었다.

이곳은 저스틴의 홈그라운드였으니까.

멍청하게도 영주성에 있는 전력이라면 충분히 나이젤을 제압
할 수 있을 거라 생각하고 있었다.

하지만 지금 이곳에 나이젤은 혼자 있지 않았다.

삐이익!

가장 먼저 그리폰 보스 알파와 카테리나의 그리폰이 날개를
활짝 펼치며 위협적으로 포효성을 내질렀다.

뀨아아앙!

크아아앙!

뒤이어 알비나와 까망이가 포효했다.

"으윽!"

위협 섞인 소환수들의 포효에 가까이 있던 사람들은 귀를 막고 무릎을 꿇었다.

숨 막힐 것 같은 압박감이 몸을 짓눌렀으니까.

그럼에도 데이론을 비롯한 기사급 실력자들은 자리에 꼿꼿이 선 채 버텨냈다.

"그만."

하지만 이내 나이젤이 알파와 까망이의 머리를 양손으로 각각 쓰다듬으며 제지했다. 그리고 저스틴을 바라보며 입을 열었다.

"저스틴 공자님, 말 좀 가려 합시다. 이제 카테리나는 당신의 인형이 아니니까."

"다, 닥쳐! 네놈이, 네놈이 나에게서 그녀를 훔쳐 간 거잖아!"

하지만 역시나 저스틴은 기대를 저버리지 않았다.

그는 여전히 카테리나에 대한 미련과 집착을 버리지 못했다.

오히려 나이젤이 그녀를 빼앗아 간 것이라고 형편 좋게 생각하고 있었다.

기가 막히는 일이 아닐 수 없었다.

"말은 똑바로 해야죠. 정당한 내기 결투의 결과였지 않습니까?"

솔직히 그때 카테리나를 내기로 걸었던 일은 탐탁지 않았다.

하지만 그녀를 저스틴의 손아귀에서 가장 빠르게 구할 수 있는 방법이었다. 그래서 저스틴에게 내기 결투를 신청한 것이다.

그 결투에서 나이젤은 승리를 거머쥐었고, 결과 카테리나를 곁에 둘 수 있게 되었다.

그런데 이제 와서 훔쳐 갔다는 헛소리를 하고 있을 줄이야.

'역시 정신 차리려면 멀었구나.'

나이젤은 차가운 눈으로 저스틴을 노려봤다.

"저스틴 도련님."

그때 나이젤의 뒤에서 얌전히 서 있던 카테리나가 앞으로 나섰다.

그리고 언제나 왼쪽 얼굴을 덮고 있던 앞머리를 부드럽게 쓸어 올렸다.

그와 함께 그녀의 하얀 얼굴에 새겨져 있는 붉은 화상흉터가 모습을 드러냈다.

흠칫!

그 모습을 본 저스틴은 화들짝 놀란 표정을 지었다.

카테리나가 붉은 눈을 빛내며 저스틴을 무섭게 노려보고 있었으니까.

월버 영지에서 지내는 동안 카테리나는 저스틴으로부터 폭언을 들어왔다.

너는 내가 없으면 아무것도 하지 못하는 쓰레기라고.

매일매일 그 소리를 들어온 카테리나는 반쯤 세뇌되다시피 저스틴이 없으면 아무것도 하지 못한다는 고정관념이 생겨 버렸다.

그 때문에 저스틴에게서 벗어날 생각조차 하지 못했다.

하지만.

"전 이제 당신이 없어도 무엇이든 할 수 있어요."

카테리나는 깨달았다.

저스틴의 말이 틀렸다는 사실을.

자신은 무엇이든 할 수 있었다.

그 사실을 알려준 사람은 다름 아닌 나이젤이었다.

물론 처음에는 많은 우여곡절을 겪었다. 그저 시키는 대로만 하던 인생에서, 자유의지를 가지고 스스로 선택하는 삶을 살게 되었으니 말이다.

그 때문에 카테리나는 무엇을 하면 좋을지 선택 장애에 빠져 갈팡질팡하기도 했으며, 자신이 선택한 결과에 따른 책임을 져야 하는 법도 배워야 했다.

자유에는 책임이 따르는 법이니까.

그러한 것들을 처음부터 다시 배워 나갔다.

덕분에 현재 그녀는 정신적으로도, 육체적으로도 성장했다.

당장 지금만 해도 카테리나는 저스틴이 두렵지 않았다.

불과 얼마 전까지만 해도 저스틴을 보면 안절부절 불안해하던 모습과는 대조적이었다.

"저스틴, 물러나 있거라."

그때 윌버 남작이 저스틴을 돌아보며 말했다.

"하, 하지만……."

"내 말을 거역하겠다는 거냐!"

"아, 아닙니다!"

윌버 남작의 고함에 저스틴은 화들짝 놀라며 뒤로 물러섰다.

여전히 저스틴의 얼굴에는 불만감이 가시지 않았지만, 아버지 인 윌버 남작을 거스를 수는 없었다.

특히 지금처럼 화가 나 있는 상황이라면 더더욱.

"아들이 실례했군. 이제 그만 내 성에서 나가라."

윌버 남작은 다시 나이젤을 노려보며 말했다.

저스틴의 행동에 대해 사과를 하는 것 같았지만 태도는 전혀 아니었다.

단지, 귀족으로서의 체면을 지키기 위함이었으니까.

"정말 영주성을 떠날 생각이 없습니까?"

"그렇다. 윌버 영지는 내 고향이다. 고향을 버리고 어찌 영주라고 할 수 있겠나?"

'고향이라고?'

윌버 남작의 말에 나이젤은 헛웃음이 나왔다.

윌버 남작과 바론 남작은 둘 다 성향이 비슷한 비열하기 짝이 없는 인간들이었다.

변경 영주들 중에서 가장 다리안 영주를 업신여기고, 여러 물자와 자금을 뜯어간 인간들이었으니까.

서로 영지가 가깝다는 이유도 있었지만, 다리안 영주의 마음고생을 심하게 만든 원흉들이었다.

그리고 바론 남작은 마수들이 쳐들어온다는 소리를 듣고 상황을 파악한 후, 성채 도시의 시민들을 방패로 세우고 줄행랑을 쳤다.

그런데 바론 남작과 비슷할 정도로 악질인 윌버 남작이 영주성을 버리지 않고 남겠다니?

'냄새가 나는데.'

나이젤은 윌버 남작이 의심스러웠다.

대체 무슨 이유로 영주성에 남아 있겠다고 하는 것일까?

"조만간 마수들이 다시 공격해 올 겁니다. 우드빌 성채 도시도 이미 공격을 받고 철수 중이고요."

"우드빌 성채 도시가?"

나이젤의 말에 윌버 남작의 눈동자가 흔들렸다.

설마 바로 옆 영지인 우드빌이 공격받았을 줄이야.

"그래서 무슨 말을 하고 싶은 거지?"

하지만 이내 표정을 수습한 윌버 남작은 나이젤을 노려보며 말했다.

그 말에 나이젤은 영주성에 숨어 있는 시민들을 향해 입을 열었다.

"살고 싶은 사람들은 성에서 탈출하십시오. 성에 있어봤자 시간이 지나면 고사할 뿐이고, 이미 우드빌 영지의 시민들은 내륙 쪽이나 노팅힐 영지로 피난 중입니다. 탈출할 생각이면 지금밖에 기회가 없습니다."

나이젤의 목적은 영주성에 있는 시민들이었다.

수많은 성채 도시 시민들 중에서 윌버 남작이 아무나 영주성에 받아들이지는 않았을 테니까.

분명 성체 도시 재건을 위해 도움이 되는 인물들만 추려내서 받았을 터.

그들을 노팅힐 영지에 받아들이는 게 나이젤의 노림수였다.

그리고 머지않아 카오스 오크들이 다시 한번 윌버 영지를 공격해 올 것이다.

그때는 아무리 영주성에서 농성전을 벌인다고 해도 버티기 힘들어진다.

카오스 오크들의 숫자도 문제지만, 영주성에 비축되어 있는 식량으로는 불과 며칠도 버티지 못할 테니까.

"웃기지 마라! 우드빌 성채 도시가 무너졌다고? 지금 그걸 나보고 믿으라는 소리냐? 아니면 증거라도 있나?"

윌버 남작은 믿을 수 없다는 표정으로 나이젤을 노려보며 소리쳤다.

"증거는 없지만 사실입니다. 다리안 노팅힐 영주님의 명예를 걸고 맹세하지요."

"하! 무능한 다리안 영주의 명예 따위 우리 영지에서는 길가의 돌멩이보다 가치가 없다. 더더욱 네놈의 말을 믿을 수 없군."

윌버 남작은 코웃음을 쳤다.

그리고 날카로운 눈으로 나이젤을 노려봤다.

"증거도 없이 유언비어를 퍼뜨리다니. 내가 조금 전에 말했지? 한 번만 더 헛소리를 하면 경을 치게 될 것이라고. 이번 일은 내가 제국 사교계에 알려 건방진 네놈과 다리안 영주에게 죄를 묻도록 하겠다!"

제국 사교계.

슈테른 제국의 왕족과 귀족들이 모여 친목 교류를 하기 위한 파티 모임이다.

제국 사교계는 왕족과 귀족사회의 중심이라고 해도 과언이 아닐 정도로 중요한 자리였다.

만약 사교계에 모이는 왕족들과 귀족들의 눈 밖에 난다면 문제가 생긴다.

사실상 사회적으로 매장된다는 소리였으니까.

그렇게 되면 노팅힐 영지는 고립무원의 상황에 빠지게 된다.

자금, 물건, 식량 등등.

다른 영지들과의 교류가 끊어지니 말이다.

"그건 살아남았을 때나 가능한 일이죠. 죽으면 아무 소용이 없지 않습니까?"

"뭐라고? 지금 나를 협박하는 것이냐!"

"협박이라니요. 사실을 말했을 뿐입니다. 이대로 있어봤자 죽기밖에 더 하겠습니까? 아니면……."

나이젤은 물끄러미 윌버 남작을 바라봤다.

상황은 명백했다.

농성전을 벌여봐야 기다리는 건 죽음뿐.

그럼에도 윌버 남작은 영주성을 떠날 생각을 하지 않았다.

즉, 영주성에 있어야 하는 이유가 있고, 영주성에 있어도 살아남을 수 있다는 확고한 믿음이 있다는 소리였다.

"무슨 믿는 수라도 있습니까?"

"네놈이 알 바 아니다."

윌버 남작은 비웃음을 지으며 답했다. 나이젤의 말대로 믿는 수가 있었으니까.

그걸 굳이 이야기할 필요는 없을 터.

하지만.

"프리츠 공작님이 지원군을 보내주시기로 하셨기 때문이지!"

윌버 남작 대신, 나이젤의 물음에 대답해 준 인물이 있었다.

"……?"

윌버 남작은 멍한 표정으로 옆을 바라봤다. 그곳에 의기양양한 표정으로 웃고 있는 저스틴이 있었다.

그 모습을 본 월버 남작은 혈압이 솟아올랐다.

"야, 이 멍청한 놈아! 그걸 왜 말해?"

결국 화를 이기지 못한 월버 남작은 격노한 표정을 지으며 저스틴의 뒤통수에 손을 휘둘렀다.

"끄헉!"

뒤통수를 후려쳐 맞은 저스틴은 자리에 주저앉았다.

"대체 왜 이렇게 멍청해진 건지……."

월버 남작은 눈살을 찌푸리며 자신의 아들을 바라봤다.

불과 얼마 전까지만 해도 믿음직스러운 후계자였었는데.

지금은 진짜 모자라 보였다.

그리고 자신의 아들이 이렇게 된 건 눈앞에 있는 놈 때문이었다.

노팅힐 영지에서 나이젤이라는 인물과 만난 후, 저스틴의 상태가 점점 머저리처럼 되어갔으니까.

"프리츠 공작님과 아시는 사이였습니까?"

그리고 나이젤은 저스틴의 말에 흥미로운 표정으로 월버 남작을 바라봤다.

설마 프리츠 공작이 도와주기로 했었을 줄이야.

"이제 알았으면 그만 가라. 나머지는 우리가 알아서 할 테니."

나이젤의 질문을 회피하며 월버 남작은 퉁명스러운 목소리로 다시 한번 축객령을 내렸다.

프리츠 공작이 지원군을 보냈다는 사실에 대해서는 굳이 숨기지 않아도 되었다.

단지, 노팅힐 영지와 관계가 있는 나이젤에게 알려주기 싫었을 뿐.

"프리츠 공작님이 도와주러 오신다니 그건 몰랐군요."

그리고 나이젤은 납득했다.

어째서 윌버 남작이 영주성을 떠나려고 하지 않았는지를.

프리츠 공작이 지원군을 보내준다면 영주성과 윌버 영지의 성채 도시까지 지킬 수 있을 터.

하지만 그와 함께 새로운 의문점이 떠올랐다.

"그런데 왜 이런 다 망해가는 영지를 도와주려고 하는 건지 모르겠네요. 프리츠 공작님이 윌버 영지를 지켜야 할 무슨 이유라도 있습니까?"

나이젤은 날카로운 눈으로 윌버 남작을 바라봤다.

사실상 현재 윌버 영지는 망했다고 봐도 과언이 아니었다.

성채 도시가 무너져 내렸으니까.

영주성이 건재하다고 해도 망하는 건 시간문제일 뿐이다.

그럼에도 영주성을 지키기 위해 프리츠 공작이 지원군을 보내다니.

무언가 다른 이유가 있는 게 아닐까?

'큭. 눈치 빠른 놈 같으니.'

나이젤의 시선을 받아넘긴 윌버 남작은 속으로 인상을 찌푸렸다. 왜냐하면 나이젤이 정곡을 찔렀기 때문이다.

'지하 연구소만큼은 알려져선 안 돼.'

영주성 지하에 만들어진 비밀 연구소.

만에 하나 지하 연구소에 대해 알려지면 프리츠 공작이 가만히 있지 않을 것이다.

그 때문에 나이젤에게 자꾸 돌아가라고 엄포를 놓았다.

지하 연구소의 비밀이 밝혀지는 빌미를 제공하고 싶지 않았으니까.

"동맹인 영지를 도와주는 데 이유가 필요한가? 볼일이 끝났으면 썩 돌아가라."

월버 남작은 능구렁이처럼 답변을 회피하며 몸을 돌렸다.

더 이상 나이젤을 상대하지 않겠다는 뜻.

그런 그를 나이젤은 가만히 바라봤다.

'트리스탄 월버 남작, 역시 만만치 않은 인물이군.'

저스틴과는 비교도 되지 않을 정도로 능구렁이 같은 작자였다.

나이젤의 소환수들이 도발을 했음에도 넘어오지 않고 돌아가라는 말만 하고 있을 뿐이었으니까.

'그럼 역시 무언가 있다는 말인데.'

자신을 자꾸 돌려보내려고 한다는 말은 무언가 숨기고 있다는 소리였다.

그것도 프리츠 공작과 연관된.

'대체 무얼 숨기고 있는 거지?'

심증은 있지만 증거가 없었다.

그리고 더 이상 월버 남작을 추궁할 수도 없는 상황.

'감시하다 보면 나오겠지.'

월버 남작을 주시하다 보면 프리츠 공작과 연관된 무언가를 알아낼 수 있을 터.

그렇게 생각한 나이젤은 월버 남작의 등을 향해 말했다.

"그럼 오늘은 이만 가보도록 하……."

나이젤의 말이 미처 끝나기도 전.

쿠구구구궁!

영주성 안의 내성이 무너질 듯 흔들렸다.

Chapter

6

쿠구구구궁!

마치 지진이라도 난 것처럼 땅이 흔들렸다.

진원지는 영주성의 내성이었다.

"이, 이게 무슨?"

윌버 남작은 멍한 표정으로 내성을 바라봤다.

성채 도시의 영주성은 크게 외성과 내성으로 나눠져 있었다.

그리고 성채 도시에서 살아남은 대다수의 시민들은 내성 안에 숨어 있었으며, 외성에는 카오스 오크들과 싸우기 위해 나와 있는 영지군 병사들과 일부 시민병들밖에 없었다.

그런데 지금 외성에 있는 사람들의 눈앞에서 내성이 조금씩 무너져 내리고 있었다.

그 때문에 영주성 안은 난장판이 되어갔다.

내성 안에서 살아남은 사람들의 비명 소리가 희미하게 울려 퍼지고 있었고, 외성에 있던 시민병들도 비명 같은 고함을 지르고 있었으니까.

대부분 내성에 가족들이 있는 자들이었다.

"아, 안 돼……."

윌버 남작 또한 무너져 내리는 내성을 바라보며 절박한 표정을 지었다.

제론이 작업 중인 비밀 연구실이 내성 지하에 있었기 때문이다.

'끄, 끝났다.'

윌버 남작은 자리에 털썩 주저앉았다.

마지막 희망이었던 제론이 지하에 파묻혀 죽고 말았을 테니까.

설령 카오스 오크들을 뚫고 살아남는다고 해도 프리츠 공작이 가만히 있지 않을 것이다.

프리츠 공작과 손을 잡고 합작한 프로젝트가 망해 버렸기 때문이다.

그렇게 윌버 남작이 망연자실한 표정으로 주저앉아 있을 때,

콰앙!

돌연 내성 중심부에서 폭발이 일어나더니 위에 덮여 있던 벽돌들이 치솟아 올랐다.

자욱하게 퍼지는 흙먼지들과 돌무더기들.

그리고.

번쩍! 콰콰콰콰쾅!

내성 중심부에서 정면 쪽으로 약 60도 각도로 붉은빛이 비스듬하게 쏟아져 나가는 게 아닌가?

붉은빛은 앞을 가로막고 있던 돌들과 벽들을 깨끗하게 날려버렸다.

잠시 후, 붉은빛이 사라지고 치솟아 오른 흙먼지 속에서 누군가의 실루엣이 나타났다.

제론이었다.

"오오!"

윌버 남작은 환희에 찬 표정을 지으며 벌떡 일어났다.

"드디어, 드디어 완성된 건가!"

이때를 얼마나 기다려 왔던가.

윌버 남작은 한시름 놓은 표정을 지었다. 제론의 작업이 끝났다면 이제 프리츠 공작의 지원군이 올 때까지 기다리기만 하면 되니까.

윌버 남작은 내성 중심부에서 모습을 드러낸 제론을 향해 입을 열었다.

"제론! 정말 수고가 많았⋯⋯."

푸슉!

"어?"

순간 윌버 남작은 의아한 표정을 지었다.

하지만 그것도 잠시.

털썩.

윌버 남작의 몸이 뒤로 넘어가더니 그대로 땅바닥에 쓰러졌다.

"아, 아버지!"

그 모습을 본 저스틴이 뒤늦게 비명을 질렀다.

피어오르는 흙먼지 속에서 가느다란 붉은빛의 마력포가 튀어나와 윌버 남작의 이마에 바람구멍을 내버렸기 때문이다.

저스틴은 멍한 표정으로 윌버 남작을 붙잡고 몸을 흔들었다.

하지만 이미 윌버 남작은 절명한 상황.

그리고 내성 중심부에서 흙먼지가 걷히면서 제론이 모습을 드러냈다.

"프로토타입치고는 괜찮은 성능이군."

검은색 코트를 걸치고 나타난 날카로운 눈매를 가진 사내.

그리고 사내를 중심으로 작은 피라미드처럼 생긴 사면체가 빙글빙글 돌고 있었다.

'저, 저건?'

그 모습을 바라본 나이젤은 흠칫 놀라며 눈을 부릅떴다.

지금 제론이 입고 있는 검은색 코트와 피라미드처럼 생긴 삼각 물체는 마도전투장갑복, 헤카톤케일이었으니까.

아니, 정확히 말한다면 마법사 전용 마도전투복, 통칭 헤카테였다.

'저게 벌써 나온다고?'

본래 마도 갑주 헤카톤케일은 무력 80 이상의 기사나 검사들의 전유물이었다.

헤카톤케일을 운용하기 위해서는 착용자의 마력도 필요하지만 근력과 체력도 어느 정도 뒷받침되어 주어야 했기 때문이다.

무엇보다 마법사들의 마력 운용 방식으로는 헤카톤케일을 움직일 수 없었다. 검사들과 마법사들은 마력 운용 방식이 서로 달랐으니까.

하지만 제론이 착용하고 있는 마도전투복은 마법사 전용으로 개발된 프로토타입 헤카테였다.

블랙박스라고 할 수 있는 핵심 동력 부품의 마력 운용 방식이 마법사들에게 맞게 제작되어 있었다.

그 때문에 법력 80이상인 마법사라면 누구나 착용이 가능했다.

그 점은 헤카톤케일과 마찬가지였다.

그리고 제론은 법력 84의 마법사이기에 헤카테를 착용할 수 있었다.

또한, 현재 그가 입고 있는 검은색 코트는 순수한 마력으로 이루어져 있으며 상당한 방어력을 자랑한다.

그뿐만이 아니라 자동 수복 기능도 있어서 피해를 입으면 어느 정도 자동 수리까지 가능했다.

하지만 코트이다 보니 마나 갑주와 비교하면 방어력이 좀 떨어질 수밖에 없었다.

그 부분을 보완하기 위해 나온 게 바로 마나 배리어 마법이었다.

코트 자체에 마나 배리어 마법 술식이 새겨져 있었던 것이다.

그 덕분에 착용자가 위급할 때 마나를 불어 넣으면 즉시 배리어 마법을 발동시킬 수 있었다.

그뿐만이 아니다.

'배리어 코트에, 테트라 헤드론까지?'

테트라 헤드론.

제론의 몸 주위를 돌고 있는 삼각뿔 모양의 사면체를 말한다.

테트라 헤드론은 마법사들의 공격 마법을 서포트해 준다.

캐스팅 속도를 단축시켜 주거나, 마법의 위력을 높여주며, 그리고 무엇보다 마나를 충분하게 공급해 주면 자체적으로 마력포 공격이 가능하다.

제론이 지금 착용하고 있는 배리어 코트와 테트라 헤드론까지 합쳐서 헤카테라고 할 수 있었다.

'지금 이 시기에 나올 물건이 아닌데……'

나이젤은 날카로운 눈으로 제론을 노려봤다.

마법사 전용 마도전투복 헤카테는 적어도 첫 번째 에피소드가 끝나고 두 번째 에피소드 초반에서나 등장할 물건이었다.

초반에 프로토타입이 개발되었다는 정보가 흘러나오고, 이후 중반쯤에 양산형이 실전 배치 되어 첫 등장을 하게 되니까.

그리고 지금은 이제 겨우 첫 번째 에피소드가 본격적으로 시작되고 있는 상황.

그런데 벌써 프로토타입이 나타날 줄이야.

"아직 살아남은 자들이 이렇게 많은 건가?"

모습을 드러낸 제론은 주위를 둘러보며 히죽 웃었다.

"……."

그 말에 나이젤의 얼굴이 찌푸려지면서 눈썹이 꿈틀거렸다.

제론이 지하에서부터 테트라 헤드론을 발동시켜서 올라온 탓에 내성이 무너지면서 수많은 사람들이 죽어나갔다.

그들 중 대부분이 나이젤이 영입하려고 했던 인재들이었다.

그뿐만이 아니라 제론 때문에 무너지는 돌 더미에 깔려 죽은 사람들 중에는 노약자들이나 아이들까지 있었다.

무상신법(無上迅法).

보법(步法), 질풍신보(疾風迅步)!

스팟!

대기를 가르는 매서운 바람처럼 나이젤은 제론을 향해 달려들었다.

눈 깜짝할 사이에 제론의 앞에 당도한 나이젤은 건틀렛을 휘둘렀다.

콰앙!

하지만 나이젤의 건틀렛은 갑작스럽게 나타난 붉은빛의 마나 배리어에 막혔다.

파츠츠!

나이젤의 건틀렛과 배리어 사이에서 검붉은 빛의 불꽃이 튀었다.

"제론 폰 안스바흐, 프리츠 공작의 심복이 이런 곳에서 뭘 하고 있는 거지?"

나이젤은 제론을 노려보며 말했다.

그러자 제론의 눈에 이채가 떠올랐다.

"호오? 나에 대해 알고 있나?"

제론 폰 안스바흐.

프리츠 공작의 심복들 중 한 명으로 상당한 실력을 가진 마법사다.

그리고 트리플 킹덤 게임의 오리지널 캐릭터 중 한 명이기도 했다.

카앙!

제론은 나이젤의 건틀렛을 쳐내며 뒤로 물러났다.

그리고 차가운 눈으로 나이젤을 바라봤다.

"네놈은 대체 뭐 하는 놈이지?"

자신은 눈앞에 있는 놈에 대해 모르는데, 놈은 자신에 대해 알고 있었다.

그것도 자신이 프리츠 공작의 심복이라는 비밀까지 말이다.

"뭐, 상관없나. 어차피 이곳에 있는 놈들은 전부 죽여줘야 되니까."

제론은 차갑게 웃었다.

마법사 전용으로 개발된 헤카테를 본 이상 살려둘 수 없었다. 헤카테의 개발은 최고 기밀 사항이었으니까.

또한, 헤카테와 프리츠 공작이 관련되어 있다는 사실도 알려져서는 안 되는 일이었다.

그런데 그걸 오늘 처음 보는 놈이 알고 있을 줄이야.

하지만 상관없었다.

어차피 전부 다 죽여서 증거를 인멸할 생각이었으니까.

"제론 경! 어째서 당신이!"

그때 바닥에 쓰러진 윌버 남작을 부여안고 있던 저스틴이 제론을 노려보며 소리쳤다.

저스틴은 제론을 아버지와 함께 일하는 동업자로 알고 있었다.

하지만 아버지와 제론이 무슨 일을 하고 있는지까지는 알지 못했다.

월버 남작이 자세한 이야기는 해주지 않았으니까.

다만, 프리츠 폰 오벨슈타인 공작 가문에 줄을 대고 언젠가 변경에서 벗어나 제국 중앙 귀족이 될 수 있을 거라는 이야기를 들었다.

그 덕분에 저스틴은 자신이 슈테른 제국 중앙 귀족의 일원이 될 수 있다는 희망을 가졌다.

그런데 설마 이런 식으로 제론이 배신을 쳐버릴 줄이야!

"어리석은 놈, 설마 정말로 협력관계라고 믿었던 거냐?"

제론은 저스틴을 바라보며 비웃음을 흘렸다.

"처음부터 네놈들은 죽을 운명이었다."

"뭐, 뭐……?"

제론의 말에 저스틴은 멍한 표정을 지었다.

처음부터라니?

"그, 그럼 프리츠 공작님이 보내주신다는 지원군 이야기는……."

"당연히 거짓말이지. 전부 네놈들을 안심시키기 위한."

"그런……."

저스틴은 망연자실한 얼굴로 넋이 나가 버렸다.

월버 남작과 제론이 손을 잡고 월버 영지의 지하에서 마법사 전용 헤카테의 개발을 시작했을 때부터, 일이 끝나면 관련자들을 전부 숙청할 계획이었다.

그래서 가장 먼저 월버 남작을 처리했다.

프로토타입 헤카테를 비롯한 알아서는 안 될 정보들을 많이 알고 있었으니까.

'특히 고대 유물에 관한 정보는 절대로 알려져서는 안 되지.'

마도전투복 헤카테를 개발할 수 있었던 배경에는 고대 유적에서 발견한 유물의 영향이 컸다.

지금까지는 발굴된 고대 마도 시대의 헤카톤케일들을 기반으로 연구가 진행되어 왔었다.

하지만 마법사 전용 헤카테와 관련된 고대 마도 기술은 발견되지 않았기에 연구 진행이 굉장히 더뎠다.

그런데 어느 날 프리츠 공작이 직접 고대 마도 시대 유물을 하나 구해 왔다.

놀랍게도 그 유물은 마법사 전용 헤카테의 핵심 동력 부품이었다.

마도전투복 헤카테의 블랙박스라고 할 수 있는 유물이 처음으로 발견된 것이다.

프리츠 공작은 헤카톤케일 전문가들인 마법사들과 연금술사들을 투입해서 헤카테를 개발하는 일에 착수했다.

그 일환으로 제론을 비롯한 마법사들과 연금술사들을 변경 영지 윌버에 파견시켜 헤카테 개발을 추진했다.

왜냐하면 윌버 영지는 제국 중앙보다 보는 눈이 적은 데다가 정보 은폐를 보다 쉽게 할 수 있었으니까.

그리고 윌버 남작 가문의 뒤를 봐준다는 조건으로 헤카테의 연구 개발 비용까지 뜯어냈다.

다만 한 가지 예상하지 못한 일이 있었다.

'마수들의 대규모 습격.'

생각지도 못한 마수들의 습격에 윌버 영지는 결국 무너지고 말았다.

다행인 점은 지하 비밀 연구소에서 함께 일하던 부하들과 연구 내용들은 이미 윌버 남작 몰래 전부 프리츠 공작이 있는 곳으로 보냈다는 사실이었다.

남은 건, 완성 직전인 헤카테의 작업을 마무리하는 것뿐.

헤카테의 프로토타입을 완성하기만 한다면 더 이상 윌버 남작과는 볼일이 없었다.

"이야기는 여기까지 하도록 하지. 슬슬 실전 테스트를 해보고 싶거든."

제론은 차가운 미소를 지으며 나이젤을 비롯한 외성에 남아 있는 사람들을 둘러봤다.

제론의 법력은 84.

5클래스를 마스터한 마법사다.

거기에 프로토타입 헤카테까지.

윌버 영지의 패잔병들과 일부 시민들만으로는 제론을 막을 수 없었다.

혼자서도 충분히 외성에 있는 사람들을 몰살시킬 수 있을 정도였다.

"그럼 죽어라."

우우웅!

제론의 주위를 돌고 있던 테트라 헤드론 세 개가 움직이기 시작했다.

제론의 손 앞으로 테트라 헤드론이 모여서 빙글빙글 돌기 시작한 것이다.

그리고 테트라 헤드론의 삼각뿔 끝에서 붉은 마나가 집속되기 시작했다.

3기의 테트라 헤드론이 하나로 모여 쏘는 마력 집속포.

테트라 헤드론 블래스터!

푸슈우우웅!

붉은빛의 마력포가 공간을 가르며 저스틴을 향해 날아들었다.

"히이익!"

저스틴은 눈을 감고 몸을 움츠렸다.

그리고 생각했다.

'이제 죽는구나.'

지금까지 자신이 해온 온갖 일들이 주마등처럼 눈앞을 스쳐 지나갔다.

하지만 그건 찰나와도 같은 순간.

콰아아아앙!

이윽고 어마어마한 굉음과 폭발이 영주성 안에서 터져 나왔다.

"어?"

얼마 지나지 않아 저스틴은 멍한 표정으로 고개를 들었다.

폭발이 일어났음을 느꼈지만 아무런 느낌이 없었기 때문이다.

그리고 이내 경악한 표정을 지었다.

"어, 어째서 나를 구한 거냐?"

저스틴을 노리고 날아든 테트라 헤드론 블래스터를 나이젤이 막아주었으니까.

저스틴은 노팅힐 영지에서 나이젤을 처음 봤을 때부터 그가 마음에 들지 않았다.

냄새나는 거지꼴을 하고 감히 자신을 만나러 온 건방진 놈이라고 생각했기 때문이다.

어디 그뿐인가?

호위 기사였던 월터를 재기 불능으로 만들어 버리고, 자신의 여자라고 생각했던 카테리나를 데리고 가버렸다.

그때 저스틴은 참을 수 없는 굴욕감과 분노를 느꼈다.

그랬기에 실력이 좋은 자유 용병 허스트를 고용해서 나이젤을 처리하려고 했다. 나이젤이 죽는 꼴을 봐야 분이 풀릴 것 같았으니까.

그런데 설마 자신을 구해줄 줄이야!

저스틴은 뭐라 형용하지 못할 표정으로 나이젤을 올려다봤다.

그런 저스틴에게 나이젤은 한마디 툭 내뱉었다.

"뭐래? 누가 누굴 구해줘? 난 별로 네놈을 구한 게 아닌데?"

나이젤은 퉁명스러운 목소리로 말했다.

테트라 헤드론 블래스터의 사선상에는 저스틴뿐만이 아니라 알파와 알렉세이, 그리고 카테리나를 비롯한 살아남은 영지군 병사들과 시민들이 있었다.

저스틴을 구해주었다기보다 뒤에 있는 사람들을 구해준 것이다.

"카테리나! 살아남은 사람들을 데리고 이곳에서 벗어나라."

나이젤은 뒤도 돌아보지 않고 제론을 경계하며 카테리나에게 명령을 내렸다.

"네!"

카테리나는 잠시 나이젤을 바라봤다.

나이젤이 걱정되긴 했지만 지금 상황이 어떤지 잘 알고 있었다.

'나이젤 님의 일을 방해해선 안 돼.'

카테리나는 나이젤을 믿었다.

나이젤이라면 어떻게든 해줄 거라고.

그렇다면 지금 자신이 해야 할 일은 나이젤이 명령한 대로 사람들을 피난시키는 것.

빠르게 생각을 정리한 카테리나는 살아남은 사람들을 인솔하기 시작했다.

이곳에 사람들이 남아 있으면 조금 전처럼 방해밖에 되지 않을 테니까.

그사이 나이젤은 여전히 제론을 노려보며 경계하고 있었다.

'가능하면 생포하고 싶은데.'

제론 폰 안스바흐.

트리플 킹덤 게임의 오리지널 캐릭터이자, 프리츠 폰 오벨슈타인 공작의 심복.

분명 프리츠 공작이 무슨 일을 벌이려고 하는지 알고 있을 터였다.

"제법 실력이 있나 보군."

제론은 즐거운 미소를 지었다.

설마 테트라 헤드론 블래스터를 맨몸으로 막아내는 인간이 있을 줄이야.

"하지만 헤카톤케일은 가지고 있지 않나 보지?"

제론은 확신하고 있었다.

나이젤이 헤카톤케일을 가지고 있지 않다고.

가지고 있었다면 결코 맨몸으로 테트라 헤드론 블래스터를 막지 않았을 테니까.

"너 같은 놈 상대하는데 굳이?"

나이젤은 피식 웃으며 제론의 도발을 맞받아쳤다.

하지만 제론의 말대로 나이젤에게는 헤카톤케일이 없었다.

하다못해 양산형 헤카톤케일이라도 구하고 싶었지만, 그마저도 구할 시간이 없었다.

양산형이라고 해도 적지 않은 금액인 데다가, 슈테른 제국 중앙이면 모를까 변경 지역에서는 구하는 데 시간이 걸리기 때문이다.

거기다 몬스터 플러드가 시작되는 바람에 더더욱 헤카톤케일을 구하기가 힘들었다.

카오스 몬스터들의 습격에 대비하기 위해 다니엘 같은 무장들부터 먼저 영입해야 했으니까.

양산형 헤카톤케일은 나중에라도 구하면 되지만 무장들은 그럴 수 없었다.

당장 다니엘만 해도 나이젤이 조금만 더 늦었으면 브로드에게 넘어갈 뻔하지 않았던가?

'그래도 빨리 구하든가 해야지.'

나이젤은 속으로 고개를 절레절레 흔들었다.

헤카톤케일의 최저 조건인 무력 80이 된 지 꽤 시간이 흘렀다.

전용 헤카톤케일까지는 무리더라도, 양산형이라면 시간이 좀 걸려도 충분히 얻을 수 있었다.

기본적인 검사 전용 양산형 마도 갑주라면 나이젤이 직접 구하러 뛰어다니지 않아도 울라프가 충분히 구해다 줄 수 있는 물건이었으니까.

단지 시간과 돈이 들 뿐.

그리고 트리플 킹덤 세계에는 고대 마도 시대 때 만들어진 전설급 헤카톤케일이 존재한다.

그중 일부는 파손이 심해서 연구용으로 쓰이기도 하지만, 여전히 현역인 물건도 있었다.

대표적으로 크림슨 용병단의 라그나가 사용하는 헤카톤케일이 그러했다.

그리고 여러 전설 등급 헤카톤케일들 중에서 나이젤은 이미 전용으로 사용할 마도 갑주를 생각해 두었다.

'드래곤 스케일.'

백병전용 용마갑주, 드래곤 스케일.

근접전에서는 최강이라고 할 수 있으며, 무엇보다 나이젤이 습득한 무공 스킬을 강화시켜 주는 효과를 가지고 있는 전설 등급 마도 갑주였다.

하지만 아직 드래곤 스케일을 구하러 가기에는 시기상조였다.

그 전에 해야 할 일들이 많았으니까.

"오만한 놈이로군. 네놈에게 내가 개발한 헤카테의 힘을 보여

주마!"

나이젤의 도발에 제론은 코웃음을 치며 테트라 헤드론을 조작하기 시작했다.

우우웅!

테트라 헤드론 3기가 진동하듯 몸을 떨더니 빠른 속도로 나이젤을 향해 날기 시작했다.

그뿐만이 아니라 궤도를 읽기 어렵게 지그재그로 움직였다.

슈슈슝!

이윽고 3기의 테트라 헤드론의 삼각뿔 끝에서 붉은빛의 가느다란 마력 집속포가 쏟아져 나왔다.

윌버 남작의 이마를 단 일격에 바람구멍을 낸 마력 집속포들이 나이젤을 향해 사방에서 날아들고 있는 상황!

무상검법(無上劍法).

이식(二式), 섬광베기(殲光斬).

번쩍!

검집 안에서 아다만트가 뽑히며 하얀빛의 섬광이 터져 나왔다.

까강! 까가강!

하얀 섬광 속에서 아다만트가 빠르게 휘둘러지며 붉은빛의 마력탄들을 튕겨냈다.

그 와중에 나이젤은 힐끔 뒤를 돌아봤다.

저스틴이 윌리엄 남작의 시신을 안고 물러나고 있는 모습과 근처에 있던 사람들이 전투 장소에서 멀찍이 물러서 있는 모습이 보였다.

'좋아.'

주변에 사람들이 없음을 확인한 나이젤의 아다만트가 더 빠르게 휘둘러지면서 마력탄들을 튕겨내기 시작했다.

하지만 테트라 헤드론은 전방위 공격이 가능한 무기였다.

나이젤의 앞은 물론 옆과 뒤, 심지어 머리 위에서도 마력탄을 날렸다.

그 때문에 아다만트로 전부 다 쳐내지 못한 마력탄들은 몸을 움직여 피해냈다.

퉁! 투웅!

그럼에도 튕겨내거나 피할 수 없는 마력탄들은 몸으로 받았다.

정확히는 나이트 울프 까망이의 섀도우 아머 스킬로 막은 것이지만.

그렇게 테트라 헤드론의 전방위 공격을 받아내면서도 나이젤은 빠르게 제론을 향해 달려들고 있었다.

쾅! 콰쾅!

나이젤 주변에서 아다만트의 검은 궤적이 휘둘러질 때마다 붉은 마력탄이 튕겨 날아가며 지면에 닿아 폭발했다.

그사이 나이젤은 제론의 눈앞까지 다가갔다.

"건방진 놈! 접근전을 벌이면 이길 수 있을 거라 생각했느냐!"

제론 또한 나이젤의 돌격에 아무것도 하고 있지 않은 것은 아니었다.

화르륵!

제론의 주위로 화염으로 이루어진 창 두 개가 생성되었다.

순식간에 제론의 양옆에 생성된 2미터 길이의 화염의 창들.

4클래스 화염계 공격 마법, 파이어 랜스였다.

나이젤이 달려들기 전에 제론이 마법사 전용 마도전투복 헤카테의 헤트라 헤드론으로부터 마법 술식 연산 처리의 도움을 받아 빠르게 마법을 구현시킨 것이다.

만약 헤카테의 술식 연산 도움이 없었다면, 지금보다 조금 더 느리게, 길이도 2미터가 안 되는 파이어 랜스 하나를 생성하고 끝났을 터.

"죽어라!"

투확!

이윽고 나이젤을 향해 파이어 랜스 두 개가 날카로운 파공성을 내며 날아갔다.

시간 차로 날아가는 화염의 창들.

그리고 사방에서 쏟아지는 마력탄들까지.

나이젤은 아다만트를 움켜잡으며 무상심법을 운용했다.

그와 함께 아다만트에서 은은한 금빛의 오러가 흘러나왔다.

4클래스 마법까지라면 오러가 깃든 검만으로도 충분히 무마시킬 수 있었다.

그뿐만이 아니라 나이젤에게는 무공스킬도 있지 않은가?

무상검법(無上劍法).

삼식(三式), 공간베기(空間斬)!

공간마저 가를 것 같은 날카로운 검격이 금빛의 궤적을 그리며 파이어 랜스를 향해 휘둘러졌다.

나이젤의 황금빛 검격을 맞은 파이어 랜스들은 흔적도 없이 소멸했다.

"뭐, 뭣!"

그 모습을 본 제론은 놀란 표정으로 눈을 부릅떴다.

4클래스 화염계 마법들 중에서도 관통력과 공격력이 가장 높은 파이어 랜스를 이토록 간단히 소멸시키다니!

"그럼 이건 어떠냐!"

파바바밧!

헤카테의 도움을 받아 빠르게 캐스팅을 마치고 양손을 활짝 펼치는 제론의 머리 위로 3클래스 화염계 공격 마법 파이어 볼들이 나타났다.

파이어 랜스에 비하면 관통력이 낮은 공격 마법이다.

하지만 폭발력은 상당히 큰 편이며, 무엇보다 지금 생성된 파이어 볼들은 무려 100개가 넘었다.

위력만 놓고 본다면 파이어 랜스보다 더 높았다.

그러나.

'파이어 볼은 블러프지.'

제론은 회심의 미소를 지으며 나이젤을 바라봤다.

눈 깜짝할 사이에 100개가 넘는 파이어 볼들을 머리 위에 생성해 낼 수 있었던 이유.

바로 4클래스 환영 마법 일루전 덕분이었다.

하지만 아무리 환영이라고 해도 움츠러들 수밖에 없었다.

그만큼 그 광경만으로도 충분히 위협적이었기 때문이다.

수많은 파이어볼들을 보고 한순간이라도 멈칫거리게 한다면 성공이었다.

테트라 헤드론을 불러들여 다음 공격을 할 시간을 벌 요량이었으니까.

그렇게 생각한 제론은 나이젤을 바라봤다.

'멈추지 않는다고?'

제론은 속으로 놀랐다.

한 치의 망설임도 없이 나이젤이 달려들고 있었기 때문이다.

"죽고 싶은 모양이구나!"

슈숙!

수많은 파이어 볼들 중 서너 개가 나이젤을 향해 쏘아지기 시작했다.

100개가 넘는 파이어 볼들 중에서도 진짜가 있었던 것이다.

헤카테의 술식 연산 처리 보조 덕분이었다.

쾅! 쾅!

하지만 고작 서너 개 정도밖에 되지 않는 3클래스 화염 마법으로는 나이젤의 돌진을 막을 수 없었다.

아다만타이트 건틀렛을 몇 번 휘두르는 것만으로도 파이어 볼들을 전부 튕겨내 버렸으니까.

그사이 제론은 테트라 헤드론을 불러들였다.

그 모습을 본 나이젤은 아다만트를 검집에 넣으며 더욱더 가속했다.

'젠장! 시간이 부족하다.'

하지만 테트라 헤드론으로 나이젤을 공격하기 위한 마력을 모으기에는 시간이 없었다.

그렇다면,

"트라이앵글 배리어!"

제론 앞에서 테트라 헤드론이 삼각형 모양으로 자리를 잡으며 붉은 막 같은 배리어를 만들어냈다.

그뿐만이 아니라 제론은 배리어 코트까지 발동시켰다.

그러자 제론을 지키기 위한 붉은색과 검은색의 이중 배리어가 생겨났다.

"뚫을 수 있으면 뚫어봐라!"

제론은 의기양양한 표정으로 소리쳤다. 5클래스 등급의 배리어가 이중으로 쳐져 있는 상황.

거기다 헤카테의 기능 덕분에 이중 배리어는 거의 6클래스급에 달한다.

어지간한 돌격으로는 절대 뚫을 수 없는 방어막이라고 할 수 있었다.

이윽고 제론 앞까지 다가간 나이젤은 아다만타이트 건틀렛을 내질렀다.

무상투법(無上鬪法).

일식(一式), 파쇄붕권(破碎崩拳)!

콰아앙!

나이젤이 내지른 정권이 트라이앵글 배리어와 맞부딪치며 굉음이 터져 나왔다.

하지만 트라이앵글 배리어는 꿈쩍도 하지 않았다.

"겨우 그 정도로 내 방어막을 뚫을 수 있을 거라 생각했나?"

제론은 나이젤을 내려다보며 비웃음을 흘렸다.

자신의 트라이앵글 배리어에 고작 주먹을 내지를 뿐이라니?

가소롭기 짝이 없었다.

하지만 나이젤은 제론의 비아냥을 무시하며 재차 무공 스킬을 시전했다.

무상투법(無上鬪法).

삼식(三式).

공파(攻破) 철산고(鐵山靠)!

콰! 쾅!

달려들던 기세를 살려 정권을 내지르고, 이어서 팔꿈치치기와 어깨와 등으로 트라이앵글 배리어를 후려쳤다.

그리고 철산고로 후려치면서 생긴 회전력을 이용하며 나이젤은 아다만트를 다시 뽑아 휘둘렀다.

무상검법(無上劍法).

영식(零式) 개(改).

발검(拔劍) 무명베기(無明斬)!

콰장장창!

회전력이 더해진 발검 무명베기 앞에 트라이앵글 배리어는 유리처럼 깨져 버렸다.

"뭐, 뭣!"

그것을 본 제론은 순간 놀란 표정을 지었지만 이내 평정을 되찾았다.

"하지만 나에겐 아직 배리어가 하나 더 남아 있다!"

배리어 코트가 발동한 방어막.

제론은 자신이 개발한 마도전투복 헤카테를 믿었다.

배리어 코트라면 나이젤의 다음 공격을 막아줄 것이라고.

또한, 트라이앵글 배리어가 깨져 나가는 동안 제론도 그냥 손

놓고 있지만은 않았다.

5클래스 화염계 폭발 마법, 익스플로전을 캐스팅하고 있었으니까.

그리고 이미 캐스팅은 다 끝나가는 상황.

'이걸로 끝……'

"브레이크 임팩트 출력 50% 해제."

[퍼스트 어빌리티, 브레이크 임팩트 출력 50% 기동 승인.]

우우우우웅!

나이젤의 건틀렛에서 충격파가 맥동 치며 파문이 일어났다.

그 상태에서 나이젤은 활짝 펼쳐진 손바닥을 제론의 두 번째 배리어에 가져다 댔다.

무상투법(無上鬪法).

사식(四式), 나선폭렬파(螺旋爆裂波)!

콰콰콰콰쾅!

이윽고 나이젤의 손바닥에서 브레이크 임팩트의 충격파와 마나가 소용돌이치듯 나선을 그리며 제론을 향해 터져 나갔다.

그 앞에서 제론이 발동 중인 배리어 코트는 종잇조각이나 다름없었다.

"크아아아악!"

나선폭렬파의 폭발에 휘말린 제론은 비명을 내지르며 수십 미터가 넘게 나가떨어졌다.

브레이크 임팩트의 효과로 인해 배리어는 산산조각으로 깨져 나갔고, 코트 또한 넝마가 되다시피 했다.

거기다 무상투법 사식 나선폭렬파는 일종의 침투경으로 상대의 내부에 피해를 입히는 기술이었다.

지면을 몇 바퀴나 뒹군 제론은 피를 토하며 움직이지 못했다.

브레이크 임팩트의 충격파와 마나가 제론의 내부를 뒤흔들었기 때문이다.

"쿨럭쿨럭."

내상이라도 입었는지 제론은 몇 번이나 피가 섞인 기침을 했다.

'이, 이건 대체 무슨 기술이지?'

설마 방어막을 발동 중인 배리어 코트가 찢겨져 나가고 몸을 움직이지 못할 정도로 피해를 입힐 줄이야.

단지 손바닥을 내밀었을 뿐일 텐데.

"죽지 않아서 다행이야. 네놈에게서 알아내야 할 게 많거든."

지면에 대자로 쓰러진 제론을 향해 다가간 나이젤은 미소를 지어 보였다.

"네, 네놈……."

제론은 눈살을 찌푸리며 나이젤을 노려봤다.

"살고 싶으면 움직이지 마라. 부러진 갈비뼈가 폐를 찌를 것 같으니까."

"크, 크윽."

제론은 이를 악물었다.

나이젤의 말대로 현재 제론의 상태는 좋지 않았다.

하지만 그보다 더 좋지 않은 사실이 있었다.

'내가 실패를 하다니.'

제론의 임무는 완성된 마도전투복 헤카테를 무사히 프리츠 공작 진영에 가지고 돌아가는 것이다.

그런데 나이젤에게 패한 시점에서 임무는 실패했다고 봐야 했다.

그리고 이대로 붙잡히게 된다면 어떻게 될까?

프리츠 공작에 관한 정보를 뱉으라고 심문받게 될 것이다.

'그럴 수는 없지.'

하지만 다행스럽게도 증거 자료는 남아 있지 않았다.

제론이 이미 처분한 뒤였으니까.

거기다 마도전투복 헤카테와 프리츠 공작이 어떤 식으로 연관되어 있는지 자세한 사정을 알고 있는 인물은 윌버 남작뿐이었다.

윌버 영지의 다른 인물들은 프리츠 공작이 헤카테를 개발하는 데 관여했다는 사실을 모르고 있었다.

아니, 애초에 제론을 비롯한 연구원들이 영주성 지하에서 무엇을 하고 있었는지 알고 있는 인물은 윌버 남작이 유일했다.

하지만 이미 윌버 남작은 제론의 손에 처리된 상황.

그렇다면 이제 제론이 해야 할 일은 한 가지뿐이었다.

"네놈은 절대 아무것도 알아낼 수 없을 것이다!"

슈아아아악!

돌연 제론과 함께 팅겨져 날아갔던 테트라 헤드론이 제론이 있는 쪽으로 날아왔다.

몸을 움직이기는 힘들었지만 마나는 비교적 움직일 만했으니까.

그래도 무리를 한 건 다를 바 없었기에 제론은 입에서 피를 토해냈다.

"아직도 저항할 생각이냐?"

나이젤은 날아드는 테트라 헤드론을 노려보며 아다만트를 겨눴다.

그런데 테트라 헤드론의 상태가 이상했다.

우우웅!

나이젤과 제론이 있는 장소에서 공중에 뜬 채 부들부들 진동하며 붉은빛을 띠기 시작한 것이다.

'이건 설마?'

문득 잊고 있던 기억이 하나 떠올랐다.

테트라 헤드론 타입 헤카테에게는 자폭 기능이 있다는 기억을.

"망할!"

나이젤은 급히 제론의 곁에서 벗어나기 시작했다. 붉은빛과 함께 진동하기 시작했을 때는 이미 늦었으니까.

불안정한 상태였기 때문에 충격을 가할 경우 바로 폭발할 수 있었다.

나이젤은 무상신법 세 번째 전광석화를 시전하며 빠르게 물러났다.

그 직후.

콰콰콰콰쾅!

테트라 헤드론 3기가 국소 범위로 폭발했다.

직경 5미터가 초토화되다시피 폭발하며 지면에 거대한 구멍을 남겼다.

폭발 범위는 크진 않았지만, 위력이 상당했기 때문에 피할 수밖에 없었다.

"설마 자폭을 하다니……."

나이젤은 눈살을 찌푸리며 앞을 바라봤다. 지면에 싱크홀처럼 구멍이 나 있을 뿐 제론과 헤카테의 모습은 흔적도 없이 사라졌다.

그리고 제론이 자폭을 한 건 예상외의 일이었다.

트리플 킹덤에서 적 무장들은 싸우다가 죽었으면 죽었지, 사로잡혔을 때 자살을 하는 경우는 드물었으니까.

'역시 심복이긴 심복인 건가.'

분명 프리츠 공작에 대한 정보가 누설될 것을 염려해 자폭한 것일 터.

덕분에 마도전투복 헤카테까지 날아가 버리는 바람에 증거가 사라지고 말았다.

'게임에서는 이런 짓을 할 인물이 아니었는데.'

트리플 킹덤 게임에서 제론은 남을 믿지 않고 이용해 먹는 악인이었으며, 프리츠 공작의 심복이 된 이유도 서로 목적의식이 일치했기 때문이다.

이렇게 목숨을 바쳐가며 충성할 인물이 아니었다.

그 때문에 나이젤은 머리가 복잡해졌다. 지금까지 프리츠 공작과 관련된 사건들을 생각해 보면 게임에서는 없었던 일들이 많았다.

그 이유는 대체 무엇 때문일까?

'현재로서는 PK3 버전이 되면서 달라졌다고 보는 게 타당하겠지.'

아니면 현실이 되었기에 달라졌든가.

"……."

나이젤은 말없이 무너져 버린 내성과 살아남은 사람들이 자리에 주저앉아 있는 모습을 씁쓸하게 바라봤다.

*   *   *

제론 때문에 월버 영주성은 큰 피해를 입었다.

내성이 무너지면서 옹기종기 모여 있던 시민들 대다수가 깔려 죽었으니까.

그 때문에 외성에 남아 카오스 오크들과 싸우던 시민병들은 넋이 나가 버렸다.

내성에 있던 사람들은 대부분 시민병들의 가족들이었기 때문이다.

내성에서 희생당한 사람들은 시민병들의 아내였고, 자식이었고, 부모였다.

그들을 지키기 위해 외성에서 싸웠건만 제론이 지상으로 올라오면서 몰살시켜 버렸다.

그 탓에 살아남은 사람들의 얼굴에는 근심과 수심이 가득했다.

그리고 현재 살아남은 생존자들은 영지군 병사들까지 합하면 30~40명 정도 되었으며, 나이젤을 따라 노팅힐 영지에 오기로 했다.

그들에게 있어 나이젤은 생명의 은인이었으니까.

그렇게 어느 정도 뒷수습이 정리되자 저스틴이 나이젤에게 다가왔다.

"나이젤."

저스틴의 뒤에는 윌버 가문을 따르는 기사들과 가신들 몇 명이 서 있었다.

그들의 등장에 나이젤 옆에 있던 카테리나가 살짝 동요하는 기색이 느껴졌다.

아직 저스틴에 대해 완전히 떨쳐내지 못한 모양.

그러자 알렉세이가 카테리나 곁에 다가와 섰고,

"걱정하지 마라. 내가 곁에 있으니까."

나이젤은 나직한 목소리로 말하며 카테리나의 어깨를 두드려 줬다.

그리고 저스틴을 비롯한 윌버 가문의 사람들을 향해 몸을 돌려 바라보며 입을 열었다.

"무슨 일이지?"

그 말에 그들은 묘한 표정으로 나이젤을 바라봤다.

불과 얼마 전까지만 해도 나이젤과 윌버 가문은 원수지간이라고 봐도 좋을 만큼 사이가 좋지 않았다.

그런데 나이젤 덕분에 그들은 살아 있을 수 있었다.

비록 윌버 남작은 죽고 말았지만, 나이젤에게 도움을 받았다는 사실은 달라지지 않았다.

더욱이 저스틴은 죽을 뻔했다가 나이젤에게 직접 구해지지 않았던가?

"이 빚은 나중에 갚겠다. 고맙다."

그 말을 남긴 저스틴은 몸을 돌렸다.

'천하의 저스틴이 감사를 표했다고?'

나이젤은 살짝 놀란 눈으로 저스틴의 등을 바라봤다.

'철부지 망나니 놈인 줄 알았더니……'

그래도 완전히 철면피는 아닌 모양.

하긴 믿었던 인물에게 배신당하고, 아버지가 죽고, 저스틴 자신도 죽을 뻔했다가 나이젤에게 구해졌다.

그사이 저스틴의 심경에 변화가 많이 생긴 듯했다.

'역시 현실이긴 현실이구나.'

한 인물의 내적 성장을 지켜본 나이젤 또한 묘한 기분을 느꼈다.

자신에게 살의를 가졌던 인물이 감사를 표해왔으니까.

뿌듯하기도 하고, 믿어도 될까 하는 생각이 들기도 하고, 어쨌든 기묘한 기분이었다.

'뭐, 내가 하는 일에 방해만 하지 않는다면 상관없지.'

그리고 이제 저스틴에게 신경을 쓸 필요도 없었다.

지금까지 저스틴을 가만히 놔둔 이유는 월버 남작과 영지가 건재하고 있었기 때문이다.

하지만 저스틴은 모든 걸. 잃었다.

남아 있는 거라곤 가신들 몇 명과 영지군 병사 10~20명 정도뿐.

이제 나이젤에게 위협이 되지 않을뿐더러, 고마워하고 있는 저스틴을 치기에도 애매했다.

그리고 무엇보다.

[저스틴 윌버의 호감도가 1 올랐습니다. 현재 저스틴의 호감도는 23입니다. 저스틴이 당신에게 고마워하고 있습니다.]

나이젤의 눈앞에 저스틴의 호감도가 올랐다는 메시지가 떠올랐으니까.

'미친.'

나이젤은 속으로 기가 막힌 표정을 지었다.

본래 저스틴의 호감도는 마이너스로 적대적이었다.

그런데 목숨을 구해주었더니 호감도가 꾸준히 상승하면서 지금은 무려 20이 넘게 올라 보통 상태까지 되었다.

거기다 고마워하기까지.

하긴 그럴 만도 했다.

저스틴을 비롯한 윌버 가문의 사람들 입장에서 나이젤은 생명을 구해주고 배신자까지 처단해 준 은인이었으니까.

'일단 그냥 지켜보자.'

나이젤은 저스틴에 관해서는 신경을 껐다. 저스틴 말고도 신경 써야 할 일이 많았기 때문이다.

'이번에는 최대한 빨리 돌아가야지.'

나이젤은 노팅힐 영지가 있는 방향을 바라봤다.

2차 웨이브까지 남은 시간은 앞으로 10일이었다.

＊　　　　＊　　　　＊

며칠 후, 해리 집무실.

그곳에서 해리와 딜런이 두런두런 대화를 나누고 있었다.

"나이젤 백부장님은 언제쯤 돌아오실까요?"

어느덧 나이젤이 떠난 지 한 달이 되어가고 있는 중이었다.

슬슬 돌아올 때가 된 상황.

하지만 해리는 딜런에게 핀잔을 주었다.

"벌써 3일째 같은 질문이로군. 돌아올 때가 되면 돌아오겠지. 그렇게 나이젤 백부장이 보고 싶나?"

"네. 해리 오십부장님은 나이젤 백부장님이 보고 싶지 않으십니까?"

"보고 싶지 않냐고? 허허."

딜런의 말에 해리는 자기도 모르게 헛웃음이 튀어나왔다.

"마음 같아서는 나도 지금 당장 보고 싶지."

그렇게 말한 해리는 다 죽어가는 표정으로 눈앞을 바라봤다.

직사각형 모양의 크고 긴 회의용 테이블 위에 산더미처럼 서류들이 쌓여 있었다.

그리고 탁자 앞에는 아세라드와 루크가 죽은 생선 같은 눈으로 서류 더미들을 처리 중이었다.

"나이젤 백부장이 오면 저것들을 넘길 수 있을 테니까."

대체 영지 밖에서 무슨 일을 하고 있는 것인지.

얼마 전, 우드빌 영지의 기사 다니엘 크라이튼이 나이젤의 이름을 대면서 노팅힐 영지에 찾아온 것이다.

우드빌 영지의 수많은 난민들을 데리고.

Chapter

7

그 때문에 해리를 비롯한 루크, 아세라드는 노팅힐 영지에 찾아온 난민들을 상대로 뒤처리를 해야 했다.

　그들의 거취와 식료품, 옷 제공 등등 처리해야 할 일들이 많았기 때문이다.

　안 그래도 상단 창설을 하느라 정신없이 바쁜 와중에 우드빌 영지의 난민들 관련 일거리까지 늘어나니 죽을 맛이었다.

　그나마 다행인 점은 난민들 중에 쓸 만한 인재들이 많다는 사실이었다.

　다만, 그들을 등용하는 것조차 일이었고, 그건 고스란히 해리와 루크, 아세라드의 몫으로 돌아갔다.

　딜런은 사무 담당이 아니었기 때문에 그나마 나았다.

　"설마 일이 이렇게 될 줄은……."

해리는 한숨을 내쉬었다.

나이젤이 여행 갔다가 돌아올 때 몇 명 정도 데리고 오겠다고 하는 소리를 듣긴 했었다.

그때는 능력 좋은 인재들을 몇 명 데리고 온다는 소리로 들었기에 나쁘지 않았다.

그런데 설마 이렇게 많은 수의 사람들이 몰려올 줄이야.

그리고 그건 제국 변경 상황이 결코 좋지 않다는 사실을 보여 주는 증거였다. 우드빌 영지가 무너졌다는 사실을 의미했으니까.

"별일이 없어야 할 텐데……."

해리는 서류를 바라보며 걱정스러운 표정을 지었다.

벌컥!

그때 갑자기 집무실 문이 열렸다.

그러자 집무실 안에 있던 일행들의 시선이 일제히 문 쪽을 향했다.

그곳에 다급한 표정의 트론이 있었다.

"트론! 내가 문 갑자기 열지 말랬지!"

트론을 보자마자 해리는 신경질부터 냈다.

본래 기본적으로 누가 갑자기 문을 열고 들어오는 걸 싫어하는 데다가 안 그래도 서류 더미들 때문에 짜증이 나 있는 상황이었으니까.

하지만 트론은 해리의 짜증에도 아랑곳하지 않고 소리쳤다.

"나이젤 백부장님이 돌아오셨습니다!"

"뭐? 진짜?"

그 말에 해리의 얼굴이 펴졌다.

해리뿐만이 아니다.

서류 더미 속에 얼굴을 박고 있던 아세라드와 루크도 활기가 돌아온 표정으로 고개를 치켜들었다.

드디어 기다리고 있던 나이젤이 돌아왔으니까!

하지만 트론의 말은 끝나지 않았다.

"그리고 월버 영지에서 피난민들을 데리고 왔습니다! 그리폰도 있습니다!"

"뭐?"

새로운 피난민들이라니?

그리고 그리폰은 또 뭐란 말인가?

그 말에 활기가 돌아오고 있던 일행들의 얼굴에 핏기가 싹 가셨다.

트론의 말만 들어보면 결국 일거리가 더 늘어났다는 소리였으니까.

*   *   *

어두운 밤.

천둥 번개가 치며 비가 내리는 집무실 안에서 프리츠 공작의 얼굴은 차갑게 굳어 있었다.

"제론의 행방을 알 수 없다고?"

프리츠 공작은 눈썹을 찌푸렸다.

제론 폰 안스바흐.

자신의 심복들 중 하나인 가신.

오벨슈타인 가문 안에서 신뢰할 수 있는 인물이었고, 절대 자신을 배신하지 않을 가신들 중 한 명이었다.

그런데 그로부터 연락이 끊겼다.

마법사 전용 마도전투복 프로토타입 헤카테를 가지고 돌아오겠다는 소식을 끝으로.

"네, 우드빌 영주성에서의 마지막 보고를 끝으로 연락이 두절되었습니다."

프리츠 공작의 오른팔인 안톤의 대답에 프리츠 공작은 검지로 책상을 두드리며 생각에 잠겼다.

"헤카테에 대한 개발 정보와 관련 연구원들을 보내왔으니 배신을 한 건 아닐 테고."

그럼 왜 연락이 끊긴 것일까?

"설마, 제론 정도 되는 녀석이 몬스터들에게 당한 건가?"

"설마요. 그럴 리는 없을 겁니다."

안톤은 고개를 흔들었다.

제론은 법력 80이 넘는 5클래스 마법사로, 30대라는 나이를 감안하면 천재에 가까운 실력자였다.

그런 그가 변경의 몬스터들에게 당한다?

말도 안 되는 소리였다.

설령 상대할 수 없을 정도로 몬스터들이 강하거나 수가 많다고 해도 도망 정도는 충분히 칠 수 있을 테니까.

거기다 비록 프로토타입이라고는 해도 마법사 전용 마도전투복인 헤카테도 있지 않은가?

"대체 동부 변경 지역에서 무슨 일이 생기고 있는 거지?"

변경 지역에서 실행 중이던 프리츠 공작의 계획 두 개가 실패했다.

노팅힐 영지에서 진행 중이던 강화병 프로젝트인 엔젤 더스트의 개발에 차질이 생겼고, 윌버 영지에서 완성한 프로토타입 헤카테와 함께 제론이 행방불명되었다.

그뿐만이 아니다.

"최근 제국 변경 지역에 이형의 괴수들이 나타났다는 보고가 올라오고 있습니다. 그리고 이미 몇몇 영지는 무너진 상황이고요."

"있을 수 없는 일이야. 본래라면 이런 일은 일어날 리가 없는데."

"……?"

프리츠 공작이 고민에 빠진 얼굴로 중얼거리는 말에 안톤은 의아한 표정을 지었다.

이런 일이 일어날 리가 없다니?

그건 대체 무슨 말이란 말인가?

"무슨 문제라도 있습니까?"

"아니, 아무것도 아니다."

안톤의 반문에 프리츠 공작은 다시 근엄한 표정으로 돌아와 답했다.

하지만 동부 변경 지역에서 무슨 일이 일어나고 있다는 건 사실이었다.

프리츠 공작의 계획대로였다면 강화병 프로젝트와 마도전투복 헤카테의 개발은 순조롭게 진행되고 있어야 했으니까.

그리고 머지않아 몬스터들이 대규모로 준동한다는 사실도 알고 있었지만, 이 정도까지 변경 영지의 피해가 심할 줄은 예상하지 못했다.

"안톤."

"네."

"제국 동부 지역을 조사해라. 특히 노팅힐 영지와 윌버 영지에서 무슨 일이 있었는지 중점적으로 알아보도록."

"알겠습니다."

프리츠 공작의 명령에 안톤은 고개를 숙이며 답했다.

*   *   *

제론을 쓰러뜨린 후, 나이젤은 우드빌 영주성에서 어느 정도 뒷수습을 마쳤다.

그리고 영주성뿐만이 아니라, 우드빌 성채 도시 전체에 살아남은 생존자들이 꽤 있었다.

카테리나의 공로 덕분이었다.

내성에서의 생존자 인솔은 물론, 그리폰과 함께 성채 도시를 돌며 카오스 오크들을 처리하고 살아남은 생존자들을 찾아 보호한 것이다.

그리고 영주성에서 일이 끝나고 카테리나가 찾아낸 생존자들을 규합한 나이젤은 일단 노팅힐 영지로 돌아왔다.

'다행히 늦지 않았군.'

1차 웨이브 때는 예상보다 일찍 카오스 몬스터들이 공격을 해오는 바람에 늦었었다.

그래서 이번에는 최대한 서둘렀다.

하지만 우드빌 영지의 생존자을 이끌고 가다 보니 생각보다 속도를 올릴 수 없었다.

여자와 노인, 아이들도 있었으니까.

그나마 인원수가 200명 안팎이었기에 도시 안에 있던 마차들을 활용했다.

고장 나거나 부서진 건 고치면 되는 일이었고, 부족한 말들은 성채 도시 근처의 숲속에서 나이젤과 카테리나가 그리폰을 타고 붙잡아 왔다.

덕분에 비교적 빠르게 노팅힐 영지로 돌아올 수 있었다.

노팅힐 영지로 돌아온 나이젤은 정신없이 바빴다. 영주성에서 다리안 영주와 가리안에게 환대를 받았고, 내정 관련 일로 해리와 루크, 아세라드에게 시달려야 했으니까.

왜 자꾸 일거리를 만들어서 오냐고 말이다.

'별로 그럴 생각은 아니었는데.'

나이젤은 속으로 쓴웃음을 지었다.

당초 노팅힐 영지를 떠나기 전까지만 해도 다니엘 같은 인재들을 영입하는 게 목적이었다.

그런데 예상보다 몬스터 플러드의 여파가 거셌다.

이미 노팅힐 영지와 가까운 우드빌과 윌버가 무너졌으니까.

윌버는 이미 작살이 났으며, 우드빌도 버텨봐야 오래가지 못할 것이기에 영지민들을 피난시켰다.

사실상 몬스터 플러드가 시작되고 영지 두 개가 사라진 것이다.

'영지의 요새화가 시급하군.'

앞으로 점점 난민들이 몰려올 가능성이 높았다.

슈테른 제국 동부 변경 지역에는 윌버와 우드빌 말고도 다른 영지들이 제법 있었으니까.

'변경에서 몬스터 플러드를 막아낼 수 있는 영지들은 얼마 되지 않아.'

적어도 최소 자작급 영지는 되어야 버텨볼 만하고, 백작급은 되어야 안정적일 터였다.

다만.

'카오스 몬스터들과 마족이라는 존재가 문제지.'

트리플 킹덤 게임과 다른 요소들.

나이젤이 판단하기에 지금의 몬스터 플러드는 적어도 백작급 영지는 되어야 버틸 수 있을 것 같았다. 아니면 무력 80 이상 기사들이 많든가.

'정보가 필요해.'

카오스 몬스터들과 마족에 대한 정보가 절대적으로 부족했다.

그렇기에 윌버 영지에서 나이젤이 붙잡은 존재가 도움이 될 터였다.

2성급 카오스 오크 챔피언, 크랄.

지금까지 본 카오스 몬스터들 중에서 유일하게 말을 하는 개체였으니까.

그리고 그들에 대해 알 수 있다면 이 세계가 정말 트리플 킹덤 게임 속 세상인지, 아니면 다른 차원의 세상인지 알아낼 수 있을지도 몰랐다.

월버 영지에서부터 끌고 온 녀석은 현재 노팅힐 영주성의 지하 감옥에 수용되어 있었다.

타박타박.

그리고 지금 나이젤은 크랄을 만나기 위해 지하 감옥에 내려왔다.

어두운 지하 복도를 지난 나이젤은 두터운 철문으로 된 감옥문을 열고 안으로 들어갔다.

"오셨습니까?"

나이젤이 안으로 들어서자 우직한 인상을 가진 20대 후반의 짧은 붉은 머리 청년이 경례를 해왔다.

자경단 비질란테 시절 루크의 오른팔이었던 칼리언이었다.

그리고 감옥 안에는 칼리언 외에도 딜런과 트론, 루크가 있었다.

"상황은 어때? 뭐 좀 알아낸 거 있어?"

나이젤은 쇠사슬에 묶여 감옥 벽에 구속되어 있는 크랄을 바라봤다.

이미 모진 고초를 겪은 크랄의 전신에는 상처 자국이 가득했다.

그리고 다른 카오스 오크들처럼 어깨에 달려 있던 촉수들은 이미 잘려 나가고 없었다.

한마디로 크랄의 모습은 처참하기 짝이 없었다.

하지만 당해도 싼 놈이었다.

놈의 손에 죽어나간 월버 영지의 죄 없는 시민들의 숫자는 어마어마하니까.

못해도 수백은 헤아릴 것이다.

그리고 그중에는 아무런 저항도 할 수 없었던 여성이나 노인, 아이들도 있었다.

"죄송합니다!"

나이젤의 물음에 딜런이 허리를 직각으로 숙였다.

처음 나이젤이 크랄을 붙잡아 왔을 때 얼마나 놀랐던가.

오크와 비슷하게 생겼으면서 견갑골 쪽에 촉수가 돋아나 있는 크랄의 모습은 혐오스러우면서도 이질적이었다.

그런 괴물에게 정보를 얻어내라니.

하지만 노팅힐 영지에서는 하늘 같은 백부장의 명령이었다.

딜런은 최대한 크랄의 입을 열기 위해 노력했지만 돌아온 건.

크크크.

비웃음뿐이었다.

"웃냐?"

퍼억!

나이젤은 크랄이 비웃음을 흘리자 다짜고짜 발로 걷어찼다.

"겨우 이 정도냐?"

어두운 지하 감옥 안에서 울려 퍼지는 낮은 목소리.

그르렁거리는 듯한 목소리에 나이젤을 제외한 사람들은 자기도 모르게 한 걸음씩 뒤로 물러났다.

그리고 처음으로 크랄의 목소리를 들은 그들은 놀란 표정을 지었다.

"내 부하들이랑 잘 놀았나 봐? 편하냐?"

"하등한 인간 따위에게 내가 굴복하는 일은 없다. 모든 건 우리들 그런트 군단장 오그리마 님을 위한 것일 뿐."

"군단장이라고?"

크랄의 말에 나이젤은 눈살을 찌푸렸다. 군단이라는 말은 역시 카오스 군대가 존재한다는 소리였으니까.

"특히 네놈은 우리들 그런트가 용서하지 않을 것이니. 뼈까지 씹어 먹혀 죽으리라."

"이 괴물 놈이!"

크랄의 말에 딜런이 장검을 빼 들며 달려들려고 했으나 나이젤이 손을 들어 제지했다.

그리고 다시 크랄을 바라보며 입을 열었다.

"네놈들은 정체는?"

"우리들은 모든 존재들의 공포이고 먹어 치우는 자다."

"어디서 왔지?"

"어둠의 저편에서 공간을 넘어."

"얼마나 온 것이냐?"

"먹잇감들을 확인할 만큼."

"이 괴물 놈이, 똑바로 대답하지 못하겠느냐!"

선문답과도 같은 대화에 이번에는 트론이 크랄을 윽박지르며 소리쳤다.

나이젤의 물음에 크랄이 제대로 된 대답을 해주지 않았으니까.

하지만 나이젤은 크랄을 바라보며 작은 미소를 지어 보였다.

크랄이 말한 의미를 알아차렸으니까.

"과연 그런 건가?"

다른 인물들은 크랄과 나이젤의 대화를 이해할 수 없었다.

하지만 나이젤은 알아들었다.

'생명력과 마력을 흡수하는 혼돈의 존재들.'

카오스라는 이명이 붙은 어둠으로 가득한 차원에서 넘어온 미지의 존재.

'역시 이놈들은 다른 차원에서 온 건가?'

선문답 같은 대화였지만, 그 속에서 나이젤은 최대한 정보를 이끌어냈다.

"그러니까 네놈들은 다른 차원에서 온 선행 정찰대라는 소리 군."

"네?"

"다른 차원에서 온 정찰대라니요?

나이젤의 말에 딜런과 루크가 놀란 표정으로 눈을 부릅떴다.

나이젤과 크랄의 대화 어디에도 괴수놈들이 다른 차원에서 온 선발대라는 이야기는 없었으니까.

"우리 영지를 쳐들어왔던 촉수 달린 늑대 놈들이나, 우드빌 영지를 습격한 개미같이 생긴 마수들은 우리 세계의 존재들이 아니다. 다른 세계에서 온 선발대였어."

"그렇게 많았던 늑대 놈들이 고작 선발대라는 말입니까?"

"어, 본대는 비교도 되지 않을 정도로 많겠지."

나이젤은 크랄을 바라봤다.

크랄이 이끌고 있던 카오스 오크들 또한 선행 정찰대 중 일부 였을 뿐이었다.

그리고 놈들의 목적은.

"이놈들은 조사대다. 아크 대륙에 존재하는 생명체들을 조사하기 위해 온 거야."

"그런……"

나이젤을 제외한 일행들은 놀란 눈으로 크랄을 바라봤다.

다른 차원의 괴물들이 자신들을 조사하기 위해 왔다니!

크르르.

그리고 나이젤의 말에 크랄은 낮은 목소리로 그르릉거렸다.

짧은 대화 속에서 나이젤이 근접한 해답을 내놓았기 때문이다.

"우리들의 목적을 알아내었어도 이미 늦었다. 어리석고 나약한 자들아. 고통 속에서 울부짖으며 위대한 카오스 마신에게 경배를 하여라."

"닥쳐!"

퍼억!

나이젤은 아다만트 건틀렛으로 크랄의 입을 후려쳤다. 그리고 크랄의 입을 꽉 움켜쥐면서 말했다.

"지금까지 한마디도 하지 않던 놈이 오늘따라 무슨 말이 이렇게 많아? 누가 재갈 좀 가져와라."

나이젤의 말에 칼리언이 잽싸게 재갈을 가져와 크랄의 입을 막았다.

으읍! 으읍!

"오늘은 여기까지 해주마. 다음에는 좀 더 많은 정보를 내놓는 게 좋을 거다."

나이젤은 차가운 눈으로 크랄을 바라봤다.

놈은 위험했다.

선동까진 아니었지만, 놈의 말에서 꿈도 희망도 없는 어둠의 나락 같은 절망이 느껴졌으니까.

특히 마신이라는 존재를 언급했을 때는 더더욱.

만약 놈의 말을 계속 듣게 된다면 좌절과 절망의 늪에 빠져 무기력해질 것이다.

"앞으로 심문은 내가 직접 하겠다. 함부로 이놈 재갈 풀지 말고 대화도 하려고 하지 마. 이놈이 도망치지 못하도록 입구만 지켜."

"예, 알겠습니다."

나이젤은 당분간 크랄을 살려둘 생각이었다. 놈에게서 얻어낼 정보가 아직 많이 남아 있을 테니까.

그리고 상대에게서 전문적으로 정보를 잘 캐내는 존재들이 있었다.

'최대한 빨리 그림자 늑대들을 만나봐야겠군. 제임스는 잘하고 있으려나?'

암살과 첩보에 특화된 비밀 정보 조직.

그렇지 않아도 제임스를 통해 그들과 접촉 중이었는데 좀 더 빨리 진행할 필요가 있어 보였다.

그들이라면 크랄에게서 유용한 정보를 얻어낼 수 있을지도 모르니까.

"그럼 난 이만 간다. 수고해라."

지하 감옥에서 볼일을 마친 나이젤은 몸을 돌렸다.

그리고 뒤에서 경례하는 부하들에게 손을 들어 보이고 발걸음을 옮겼다.

'대충 상황이 보이는군.'

적게나마 크랄에게서 얻어낸 정보를 토대로 나이젤은 현 상황이 어떤지 알 수 있었다.

첫 번째 에피소드, 몬스터 플러드가 카오스 몬스터들의 침공으로 바뀌었음을.

'다른 차원에서의 침공이라.'

에픽 미션의 신화급 불가능 난이도 때문인 건지, 아니면 현실이라 그런 것인지는 알 수 없었다.

다만, 트리플 킹덤 게임에서 등장하지 않았던 다른 차원이 존재한다는 사실로 이 세계가 단순히 게임 속 세상이 아닐 확률이 더 높아졌다.

'뭐, PK3 버전에서 다른 차원 설정이 더해졌다고 한다면 할 말이 없지만 말이야.'

그렇기에 나이젤은 단정 짓지 않았다.

그리고 어쨌든 지금 당장 해야 할 일은 명백했다.

'어찌 되었든 살아남아야지.'

이 세계가 게임이든, 현실이든 관계없었다.

나이젤의 최우선 목표는 노팅힐 영지를 강화시키고 앞으로 있을 그 어떤 상황에서도 생존하는 것이다.

카오스 몬스터들의 침공이든, 앞으로 시작될 난세든, 아니면 그 무엇이든.

'내 앞을 방해하는 것들은 전부 쳐낸다!'

느긋하고 평화로운 삶을 위해서!

평온한 노후생활을 위해서라도 지금은 움직여야 할 때였다.

그리고 현재 나이젤의 계획은 비교적 착착 진행되고 있는 편이었다.

그 예로.

[영지 미션: 성벽 유지 보수를 완료하였습니다! 보상으로 2,000전공 포인트를 지급합니다!]

[영지 미션, 성벽 강화가 활성화되었습니다.]

[영지 미션, 영지군의 진행 사항이 갱신되었습니다.]

진행 사항(1): 병사(200/200).

진행 사항(2): 무관(4/5). 문관(5/5).

시스템 창을 활성화한 나이젤은 이전 메시지 로그들을 확인했다.

무장들과 인재들을 영입하기 위해 노팅힐 영지를 떠나 있는 동안 성벽 보수 영지 미션이 완료되었다.

그뿐만이 아니다.

[영지 미션: 외벽을 강화하십시오.]

당신은 허술한 영주성의 성벽과 성채 도시 외벽 보수를 완료하였습니다.

이제 보수가 끝난 성채 도시 외벽을 강화하고 요새화시키십시오.

진행 사항(1): 외벽 강화(3%/100%).

진행 사항(2): 아쳐 타워(0/30), 발리스타(0/12), 자동 석궁 발사기(12/30)

난이도: D.

보상: 2,000전공 포인트.

그리고 '영지군 병사를 늘려라'라는 영지 미션도 거의 완료되기 직전이었다.

병사들은 이미 다 채웠고, 무관 한 명만 더 채우면 되니까.

현재 무관은 가리안, 카테리나, 아리아, 다니엘 총 4명이었다.

'무관 조건이 기사급 실력이었지.'

그 때문에 현재 노팅힐 영지에서 기사급에 해당하는 실력자들만 카운팅 되어 있었다.

그리고 문관은 해리와 루크를 필두로 새롭게 충원한 사무 관련 인재들 중에 세 명이 더 카운팅 되어 있는 상황이었다.

'크림슨 용병단을 꼬실 수 있으면 좋긴 한데.'

라그나를 비롯한 아세라드는 아직 정식으로 노팅힐 영지에 소속되지 않았다. 말하자면 비정규직이었던 것이다.

그렇기에 나이젤은 그들과의 계약기간 동안 라그나와 아세라드를 노팅힐 영지에 올 수 있게 계속 꼬실 생각이었다.

또한, 울라프와 드워프들은 대장장이 장인들이라 그런지 무관과 문관에도 카운팅 되어 있지 않았다.

'내정 부서 설립도 해야 하는데.'

내정 부서를 설립하고 부장을 임명해야 하는 영지 미션도 있었다.

'아, 이참에 그랜드 공방을 개발부로 승격시켜서 울라프에게 부장을 맡겨볼까?'

뒤늦게 떠오른 생각에 나이젤은 손뼉을 쳤다.

어차피 노팅힐 영지와 월버 영지 사이에 있는 드워프 마을의 드워프들도 피난 준비를 해야 할지도 몰랐다.

트리플 킹덤 게임에서는 드워프 마을이 위치한 곳이 천연의 요새와 다름없어서 몬스터 플러드가 시작했음에도 비교적 안전했다.

하지만 지금은 상황이 다르다.

다른 차원에서 카오스 몬스터들의 선발대가 침략하고 있는 상황이었으니까.

드워프들도 위험해질 수 있었다.

그러니 그들을 전부 노팅힐 영지에 받아들여 개발부 소속으로 집어넣을 생각이었다.

'울라프와 이야기를 해봐야겠군.'

개발부는 울라프를 임명한다고 해도, 아직 부서는 2개 더 남아 있었다.

바로 정보부와 연구부였다.

'외교부는 제임스에게 맡겼으니 알아서 잘 굴리겠지. 못하면 갈구면 되니까.'

비록 제임스의 지력이 낮아서 걱정이긴 했지만, 그걸 메꾸는 정치력과 고유 능력이 있었다.

그리고 제임스의 지력 한계치는 30 남짓, 지금은 20을 조금 넘는 수준이니 그나마 사람다워지긴 했다.

그래서 그림자 늑대들을 찾아서 포섭하라고 맡겼던 것이다.

그림자 늑대들을 꽉 붙잡을 비밀이 적혀 있는 편지와 함께.

'그럼.'

현재 2차 웨이브에 대비하기 위한 모든 준비는 끝났다.

남은 건, 2차 웨이브를 막아내는 일뿐.

"올 테면 와봐라."

나이젤은 입꼬리를 치켜올렸다.

첫 번째 에피소드, 몬스터 플러드. 노팅힐 영지 2차 웨이브까지 남은 기간, 앞으로 2일.

*   *   *

영주성 지하 감옥에서 올라온 나이젤은 아리아를 찾으러 갔다.

지난 한 달간 아리아는 빈민가의 아이들을 돌보면서 영지군에서 병사들을 훈련시키고 있었다.

연병장에서는 각 병과에 소속된 병사들이 훈련을 하고 있는 중이었다.

"정면 베기 100회! 몇 회?"

"100회!"

"200회 시작!"

"하나! 둘!"

이미 한창 훈련 중인지, 이마에 흐르는 땀을 닦을 새도 없이 검병들로 보이는 병사들이 장검을 위아래로 휘두르고 있었다.

그 옆에서는 역시 마찬가지로 창병들이 창을 내지르고 있었으며, 연병장을 구보하며 체력 단련 중인 병과도 보였다.

'나름 각이 잡혀 있네.'

그런 그들을 바라보면서 나이젤은 격세지감을 느꼈다.

처음 노팅힐 영지군의 모습과는 천지 차이였으니까.

당나라 군대 같았던 오합지졸 병사들이 지금은 나름 강병 수준은 되어 보였다. 아니, 실제로 강병 수준이었다.

다들 눈빛이 살아 있었으며, 나이젤이 시스템 정보로 본 그들의 평균 무력은 40이 넘어 있었다.

'역시 굴리면 된다니까.'

나이젤은 만족스러운 미소를 지으며 노팅힐 영지군 병사들을 바라봤다.

초기에 시범적으로 조교들을 뽑아서 빡세게 훈련을 시킨 보람이 느껴졌다.

"단결! 나이젤 백부장님 오셨습니까?"

그때 연병장에서 훈련을 통제하던 병사 하나가 다가오며 말했다.

딜런 십인대의 부대장, 에반이었다.

"어, 그래."

에반의 경례에 나이젤은 대충 손을 들고 받아줬다.

그리고 에반을 바라봤다.

"아리아 궁병대장은 어디 있나?"

"아리아 대장님이라면 연병장 뒤쪽에 있습니다. 뒤편에 궁병 훈련장을 따로 만들었거든요."

"그래? 알았어. 그럼 일 봐."

"넵!"

에반에게 손짓하며 뒤로 물린 나이젤은 연병장 뒤편을 향해 다시 발걸음을 옮기기 시작했다.

'그러고 보니 울라프가 연병장을 손 좀 봤다고 했었지.'

어쩐지 전체적으로 연병장이 좀 더 넓어진 것 같더라니.

거기에 아리아와 궁병대를 위해 또 따로 훈련장을 조성한 모양이었다.

그릉.

그때 따스한 햇살이 기분 좋았는지 나이젤의 그림자 속에서 까망이가 고개를 빼꼼히 내밀었다.

그리고 나이젤의 몸을 타고 어깨 위로 쪼르륵 올라왔다.

"이제 일어났냐?"

나이젤은 오른쪽 어깨 위에 얼굴을 걸치며 그릉그릉거리고 있는 까망이의 얼굴을 마구 쓰다듬어 주었다.

그사이 나이젤은 궁병 훈련장에 도착했다.

'역시 넓네.'

궁병 훈련장은 직사각형 형태로 꽤 길었다.

그리고 그곳에서 훈련 중인 궁병들과 훈련장 구석에 있는 아리아를 볼 수 있었다.

또한, 뜻밖의 인물도 보였다.

카테리나가 아리아와 함께 있었던 것이다.

'어디 있나 했더니 여기 있었네.'

피식 웃은 나이젤은 대수롭지 않게 생각하며 그녀들에게 다가갔다.

그리고 볼 수 있었다.

아리아가 부러운 눈으로 카테리나를 보고 있는 모습을.

그때 나이젤은 충격적인 말을 들었다.

"어때요? 우리 아이 귀엽죠? 저와 나이젤 님의 아이예요."

뭐? 누구랑 누구 아이라고?

나이젤은 멍한 표정을 지었다.

자신과 카테리나의 아이라니?

이건 또 무슨 소리란 말인가?

그리고 그 소리를 들은 아리아가 침음성을 삼키며 카테리나의 가슴을 바라보고 있는 모습이 보였다.

아마 카테리나의 품에 아이가 있는 것이리라!

"카테리나?"

나이젤은 카테리나의 등 뒤로 다가가며 입을 열었다.

그러자 카테리나가 뒤로 몸을 돌리며 나이젤을 바라봤다.

"나이젤 님!"

나이젤을 본 카테리나의 얼굴에서 밝은 웃음꽃이 피어났다.

뀨!

그리고 그녀 품 안에서 꼼지락거리고 있는 존재가 있었다.

다름 아닌 눈처럼 하얀 털과 강아지처럼 생긴 모습에 여우 귀를 가진 소환수, 알비나였다.

'아, 알비나 이야기였구나.'

그제야 나이젤은 카테리나가 말한 우리 아이가 알비나라는 사실을 알았다.

"으음."

그리고 아리아는 알비나에게서 눈을 떼지 못하고 있었다.

끼잉?

호수처럼 푸른 눈을 빛내며 고개를 갸웃거리는 알비나.

그 모습을 본 아리아의 얼굴이 풀어졌다.

"귀, 귀엽……."

순간 아리아는 멈칫거렸다.

카테리나가 의기양양한 표정을 지으며 아리아를 바라보고 있었기 때문이다.

"우리 아이 귀엽죠? 나이젤 님이 저에게 주신 아이예요."

카테리나는 다시 한번 자랑하듯 아리아에게 알비나를 보이며 말했다.

잠시 풀어진 표정으로 알비나를 바라보던 아리아는 나이젤을 향해 시선을 돌렸다.

순간 나이젤은 자기도 모르게 움찔거렸다. 아리아가 강렬한 시선으로 바라보고 있었으니까.

"나이젤 님?"

"아, 네."

나이젤은 식은땀을 흘렸다.

아리아는 나이젤을 한 번 부른 후, 그저 말없이 바라보고 있을 뿐이었다.

하지만 그것만으로도 충분했다.

'저는요?'

아리아는 말없이 나이젤에게 요구하고 있었다.

자신에게는 알비나 같은 귀여운 아이가 없냐고.

"…어, 음. 한 마리 분양해 드려요?"

"네!"

단숨에 아리아의 얼굴이 밝아졌다.

반면 카테리나는 아쉬운 표정을 지었다.

"알비나는 저와 나이젤 님의 아이인데……."

"까망이의 아이겠지."

툭.

나이젤은 카테리나의 머리를 손날로 내려쳤다.

"이상한 소문 내지 마라."

"…네."

나이젤의 말에 카테리나는 고개를 숙였다.

"얘들아, 나와봐."

뀨?

그 말에 나이젤의 그림자 속에서 뒹굴거리던 까망이의 분신체 두 마리가 고개를 내밀었다.

분신체들은 아직 어렸기 때문에 나이젤의 손바닥보다 조금 더 컸다.

그리고 보통 그림자 속에서 시간을 보내며 지금처럼 나이젤이 부르지 않는 이상 모습을 드러내는 일은 거의 없었다.

그림자 속에서 모습을 드러낸 분신체들은 나이젤의 얼굴에 몸을 부비다가 아리아를 바라봤다.

뀨? 끼잉?

알비나처럼 고개를 갸웃거리며 아리아를 바라보는 귀엽고 작은 생명체들.

아리아는 자기도 모르게 손을 내밀었다.

폴짝.

그러자 분신체들 중 한 마리가 아리아를 향해 점프를 하며 손바닥 위에 올라타는 게 아닌가?

"앗!"

아리아는 분신체가 떨어질까 봐 양손으로 감쌌다.

아무래도 아리아가 마음에 든 모양.

뀨뀨.

분신체는 아리아의 양 손바닥 위에서 오른팔을 타고 어깨로 올라갔다.

그리고 아리아의 얼굴에 볼을 부볐다.

"이 녀석이 아리아 님을 마음에 들어 하나 보네요."

"네."

나이젤의 말에 아리아는 귀여운 아이를 바라보는 어머니와 같은 상냥한 표정으로 분신체를 바라봤다.

그 모습을 흐뭇한 표정으로 바라보던 나이젤은 다시 입을 열었다.

"그럼 이름을 지어주세요."

"이름이요?"

"네."

나이젤의 말에 아리아는 잠시 생각에 잠기는가 싶더니 이내 입을 열었다.

"그럼 아모레로."

아리아가 이름을 지어준 순간,

[두 번째 분신체의 이름이 정해졌습니다. 분신체의 이름은 아모레입니다. 소유자가 원하는 모습으로 분신체가 변화합니다.]

파앗!

카테리나가 이름을 지어줬을 때와 마찬가지로 나이젤의 시야에 시스템 메시지가 떠오르면서 분신체에서 하얀 빛이 터져 나왔다.

잠시 후 빛이 사그라들면서 분신체가 모습을 드러냈다.

하얀빛 속에서 다시 나타난 분신체는 덩치가 조금 더 커져 있었다.

그리고 전체적으로 새끼 늑대에 가까웠으며 알비나와 마찬가지로 하얀 털과 푸른 눈이었다.

다만, 귀 모양은 크게 달라지지 않고 여우와 같은 모습이었다.

"음, 덩치가 좀 커졌네요?"

나이젤은 아모레를 바라보며 쓴웃음을 지었다.

알비나가 하얀 눈 같은 작고 귀여운 강아지라면, 아모레는 뱃살이 좀 나온, 통통하고 귀엽게 생긴 새끼 늑대였으니까.

"귀, 귀여워."

아리아는 마치 손자 손녀를 바라보는 듯한 흐뭇한 눈빛으로 아모레를 바라보며 머리와 등을 쓰다듬어 주었다.

확실히 살이 통통하게 쪄 보이긴 했지만 그건 그거대로 귀여웠기에 아무 문제 없었다.

거기다 아모레는 얼굴도 느긋해 보이고 몸도 푸근해 보였다.

그 덕분에 보는 사람으로 하여금 부드럽고 따뜻한 미소가 절로 지어지게 했다.

정말 사랑스러운 모습이 아닐 수 없었다.

푸뉴?

그때 아모레가 귀여운 울음소리를 내며 고개를 치켜들었다.

뀨?

그리고 카테리나의 품 안에 있던 알비나와 눈이 마주쳤다.

잠시 서로를 마주 보던 두 마리는 각각 카테리나와 아리아의 품에서 뛰어내렸다.

"앗?"

"아모레?"

카테리나와 아리아는 놀란 눈으로 두 마리를 내려다봤다.

푸뉴.

뀨우.

그리고 바닥으로 내려선 알비나와 아모레는 서로를 바라보며 빙글빙글 꼬리를 물듯 맴돌았다.

그렇게 서로를 바라보며 몇 바퀴를 돌던 중, 알비나가 지면을 박찼다.

뀨!

귀여운 울음소리로 포효하며 아모레를 향해 몸을 날리는 알비나.

푸뉴!

화들짝 놀라는 아모레.

눈 깜짝할 사이, 알비나는 아모레의 통통한 뱃살에 얼굴을 묻었다.

쾈!

푸니우!

순간 아모레가 펄쩍 뛰면서 울음소리를 내질렀다.

푸뉴! 푸뉴!

아모레는 울상을 지으며 아리아를 올려다봤다.

마치 '도움! 도움!'이라고 외치는 것 같은 표정이었다.

왜냐하면 알비나가 아모레의 통통한 뱃살을 깨물고 있었으니까.

"알비나는 아모레가 좋은가 보네요."

"그러게요."

하지만 급박한 아모레와는 달리 카테리나와 아리아는 귀엽다는 표정으로 알비나와 아모레를 바라볼 뿐이었다.

*　　　　　*　　　　　*

까망이의 분신체를 분양하고 알비나와 아모레의 귀여운 해프닝이 있은 후 나이젤은 궁병 훈련장 옆에 마련되어 있는 회의실 막사 안에서 아리아와 독대를 하고 있었다.

그리고 카테리나는 궁병 훈련장에서 알비나와 아모레를 돌봐주고 있는 중이었다.

"윌버 영지에서 그런 일이 있었을 줄은……."

아리아는 심각한 표정을 지으며 말꼬리를 흐렸다.

나이젤이 윌버 영지에서 있었던 이야기를 전부 해준 것이다.

"특히 헤카테는 상당히 위험한 것 같네요. 검사들뿐만이 아니라 마법사들까지 힘을 가지게 되니까요."

기사나 검사들뿐만이 아니라 마법사들까지 헤카테를 가지게 된다면 전투에서 더욱 큰 피해가 발생할 테니까.

더군다나.

"대체 프리츠 공작은 무슨 생각을 하고 있는 것일까요?"

아리아는 의문스러운 표정을 지었다.

노팅힐 영지에서 뒷세계 조직인 황색단을 이용하여 엔젤 더스트라는 각성제를 개발했고, 윌버 영지에서는 마법사 전용 마도 전투복 헤카테를 개발했다.

거기에 나이젤은 앞으로 일어날 일들을 알고 있었다.

그것들을 조합해 본다면,

"전쟁을 준비하고 있는 게 아닐까 합니다."

"……!"

그 말에 아리아는 놀란 표정으로 나이젤을 바라봤다.

"아무리 그래도 그럴 리는 없지 않을까요? 전쟁이라니……."

아리아는 믿기지 않는 표정을 지었다. 아크 대륙에서 슈테른 제국을 위협할 국가는 없다.

슈테른 제국을 제외하고는 대부분 약소국이며, 사실 국가라고 하기에도 민망할 정도였다. 기껏해야 슈테른 제국의 중간급 영지 규모였으니까.

그런데 슈테른 제국에서 이미 권력을 휘어잡고 있는 프리츠 폰 오벨슈타인 공작이 대체 누구와 싸우기 위해 전쟁을 준비 중이란 말인가?

"아마 전쟁 준비 중인 게 맞을 겁니다. 다만 프리츠 공작이 무슨 생각을 하고 있는지는 모르겠네요."

그렇게 말한 나이젤은 잠시 생각에 잠겼다.

프리츠 공작이 전쟁 준비 중이라는 사실은 틀림없을 것이다.

엔젤 더스트는 강화 병사를 만들기 위한 계획의 일환이었고, 마법사 전용 마도전투복 헤카테를 비밀리에 개발 중이었으니까.

거기다 프리츠 공작이 자신의 반대 측 귀족 진영을 상대로 방해 공작 중이라는 정보도 테오도르와 아리아를 통해 입수했었다.

이 모든 것들을 종합해 본다면 프리츠 공작은 이미 반대파 귀족 진영을 상대로 전쟁을 준비하고 있다는 결론이 나온다.

그뿐만이 아니다.

'확실히 첫 번째 에피소드가 끝나갈 때쯤 반대파 진영과 전쟁을 시작하긴 하지.'

이미 나이젤은 트리플 킹덤 게임 덕분에 슈테른 제국을 양분하는 내전이 프리츠 공작을 중심으로 시작된다는 사실을 알고 있었다.

슈테른 제국의 황제 프리드리히 폰 슈테른이 젊은 나이에 병사하고 1황자인 페르젠 폰 슈테른이 황태자로 등극한다.

다만 문제는 황태자인 페르젠의 나이가 어리다는 사실이었다.

10대 초반이었기에 황제로서 제 역할을 하기에는 나이가 너무 어렸다.

그래서 프리츠 공작이 섭정이 되어 제국 실권을 휘어잡고 제국 수도군까지 접수하면서 명실상부 슈테른 제국의 지도자가 된다.

문제는 그 후 프리츠 공작이 온갖 폭정을 일삼기 시작한다는 사실이었다.

마치 삼국지의 동탁처럼.

그로 인해 삼국지에서 원소에 해당하는 인물인 알버트 헤이건 공작을 중심으로 귀족들이 연합을 결성하고 프리츠 공작을 토벌하려고 한다.

슈테른 제국을 양분하는 내전이 시작되는 것이다.

다만.

'왜 벌써부터 프리츠 공작이 전쟁을 준비 중인 거지?'

첫 번째 에피소드 몬스터 플러드에 대비하기 위해 움직였다고 해도 너무 빨랐다.

무엇보다 프리츠 공작은 황색혁명 이벤트가 시작되기도 전에 이미 반대파 귀족들을 상대로 방해 공작 중이었다.

트리플 킹덤 게임에서 일어나지 않았던 일이 생긴 것이다.

그때 나이젤은 정보가 아직 부족한 데다가, 몬스터 플러드에 대비하기 위해 영지 강화가 우선이어서 크게 신경 쓰지 않고 그냥 넘어갔었다.

하지만 이번에 프리츠 공작이 마법사 전용 마도전투복 헤카테를 개발 중이라는 사실까지 알게 되자 의문이 들지 않을 수 없었다.

어째서 프리츠 공작은 몬스터 플러드가 시작하기도 전부터 전쟁 준비를 하고 있는 것일까?

"아무래도 프리츠 공작의 동향을 조사해 봐야 될 것 같네요."

노팅힐 영지를 덮칠 몬스터 웨이브를 막아내는 건 중요한 일이다.

하지만 그 이후의 일도 생각하지 않을 수 없었다. 몬스터 플러드 이후에는 아크 대륙 전체를 집어삼키는 전쟁이 시작될 테니까.

그런 상황에서 프리츠 공작의 움직임은 굉장히 이질적이었다.

'최대한 빨리 제임스를 통해서 그림자 늑대들과 만나봐야겠군.'

아크 대륙에서 가장 첩보전에 능숙한 인물들이었으니까.

프리츠 공작이 무슨 일을 꾸미고 있는지 알아내는 데 도움이 될 터였다.

"다음에 또 뭔가 프리츠 공작에 대해 알게 되면 이야기해 드릴게요."

"네, 감사해요."

나이젤의 말에 아리아는 미소로 답해주었다.

그녀 또한 프리츠 공작의 피해자였기에 나이젤은 정보를 제공해 주었다.

애초에 그녀를 노팅힐 영지에 붙잡아둘 수 있었던 이유가 함께 프리츠 공작을 상대하기 위함이었으니까.

"그럼."

나이젤은 아리아에게 살짝 고개를 숙인 후, 막사를 나서기 위해 문을 열었다.

그 순간.

"여기 있었구나, 나이젤."

생각지도 못한 인물이 나이젤을 마중 나와 있었다.

다름 아닌 크림슨 용병단의 단장 라그나였다. 그리고 라그나는 웃는 얼굴로 재차 입을 열었다.

"주둔지를 발견했다."

Chapter

8

"역시, 라그나 단장. 빠르네."

나이젤은 만족스러운 미소를 지었다.

노팅힐 영지에 돌아오고 나서 다리안 영주와 가리안 백부장 등 영지 주요 실무진과 만나 우드빌 영지와 월버 영지에서 있었던 일들을 보고했었다.

그리고 바로 라그나를 만나 노팅힐 영지 주변 정찰을 맡겼다.

2차 웨이브가 시작되기까지 며칠 남지 않은 상황.

그래서 혹시 몰라 기간테스 산맥 쪽에 카오스 몬스터들이 침공을 준비하고 있는 게 아닐까 싶어서 정찰을 내보냈던 것이다.

"네 말대로더군. 기간테스 산맥 자락에 대규모 몬스터 무리들을 확인했다."

"몬스터……."

라그나의 말에 아리아가 이를 악물었다.

"종류는?"

"기본적으로는 오크. 하지만 오우거와 트롤까지 있더군."

"카오스 그런트 군단의 선발대인가."

"카오스 그런트?"

"지하에 잡아놓은 녀석이 그러더라고."

나이젤은 라그나뿐만이 아니라, 막사 안에 있던 아리아에게 지하 감옥에 잡아놓은 크랄에게서 들었던 이야기를 해주었다.

그리고 라그나를 보고 다가온 카테리나에게도.

"그래서 이제 어쩔 생각이지?"

라그나는 먹잇감을 발견한 사자처럼 사납게 이를 드러냈다.

그런 그에게 나이젤도 한마디 했다.

"당연히. 선빵 필승이지."

2차 웨이브가 시작되기까지, 남은 기간 이틀.

카오스 그런트 군단 선발대의 주둔지를 발견했다.

*   *   *

어두운 밤하늘에 하얀 보름달이 떠올라 있었다.

하얀 달빛 덕분에 생각보다 어둡지 않았다.

그리고 하얀 달빛이 내리는 기간테스 산맥 앞에서 검은 망토를 뒤집어쓰고 있는 일련의 무리들이 어둠 속에서 움직이고 있었다.

"……."

무리의 선두에 있던 인물이 돌연 자리에 멈춰 섰다.

"여기서부터는 놈들의 영역이다."

무리를 이끌며 앞장섰던 인물, 라그나는 뒤를 돌아보며 조용한 목소리로 말했다.

"그럼 작전대로."

라그나의 말에 나이젤은 고개를 끄덕였다.

크림슨 용병단의 정찰에 의하면 기간테스 산맥 자락에 있는 군단의 병력은 약 2천 정도.

카오스 오크들이 주력이라고 해도 상당히 많았다.

그 때문에 소수 정예의 기동타격대를 이끌고 야습하기로 했다.

설령 영지군 전체를 투입해서 야습을 건다고 해도 2천이나 되는 카오스 오크들을 상대할 수는 없었기 때문이다.

그렇기에 크림슨 용병단과 같은 강자들을 중심으로 빠르게 치고 빠지며 피해를 줄 수 있는 히트 앤 런 작전을 실행할 계획이었다.

그리고 이번 작전에는 크림슨 용병단원들뿐만이 아니라, 카테리나와 아리아, 다니엘까지 동원되었다.

그들이라면 카오스 오크들을 상대로 전격전을 벌일 수 있을 테니까.

'그리고 트리플 킹덤 게임에서 오크들의 약점은 밤눈이 어둡

다는 사실이지.'

그래도 혹시 몰랐기에 지하 감옥에 가둬둔 크랄을 상대로 실험했다.

그 결과 카오스 오크 챔피언인 크랄의 밤눈 역시 어둡다는 사실을 확인했다.

"다들 알겠지만 이번 작전의 핵심은 치고 빠지는 거다. 한곳에 오래 머무르기보다 빠르게 적 부대를 휘저으면서 피해를 줘. 그리고 가능하면 오크 놈들보다 오우거나 트롤들의 숫자를 줄여야 돼."

이번 작전의 핵심은 최대한 민첩하게 소수 정예로 카오스 오크들에게 피해를 입히는 것이다.

거기에 중형급 몬스터인 오우거나 트롤들의 숫자까지 줄일 수 있으면 더욱 더 좋았다.

공성전에서 위협적인 건 중형급 오우거나 트롤이었으니까.

윌버 영지가 무너진 것도 사실상 중형급 카오스 몬스터인 오우거들과 트롤들 때문이었다.

나이젤이 윌버 영주성에 찾아갔을 때는 이미 전투가 거의 끝난 상황이라 오크들만 남아 있었다.

오우거와 트롤이 있던 주력 부대가 빠지고 오크들이 살아남은 인간들을 학살하기 위해 남아 있었던 것이다.

"그리고 가능하면 우두머리를 친다."

카오스 그런트 군단의 선발대를 이끌고 있는 그런트 제너럴.

크랄에게 들은 바에 의하면 4성급 보스로 추정되는 존재였다.

"생포하면 더 좋고."

라그나가 주둔지를 찾았다는 보고를 들은 나이젤은 바로 크랄을 닦달했다.

그리고 크랄은 나이젤과 이 세계의 인간들을 얕잡아 보는 경향이 있었다.

군단의 정체에 대해 한번 알려지고 난 후로는 철저하게 함구할 생각이 없는 건지, 크랄은 나이젤을 비웃으며 선발대에 대한 기본 정보들을 이야기해 주었다.

'너희들이 그걸 알아서 뭘 어쩌겠느냐'라는 표정으로 말이다.

하지만 나이젤 입장에서는 생각지도 못한 수확이었다.

크랄의 입을 여는 데 그림자 늑대들이 없어도 되었으니까.

거의 기본적인 정보들뿐이긴 했지만, 그것만으로도 충분했다.

2차 웨이브를 방어하는 데 도움이 될 만한 정보도 있었기 때문이다.

'그래도 최대한 빨리 그림자 늑대들과 접촉하는 게 좋지.'

만약 카오스 그런트 군단의 선발대를 이끌고 있는 제너럴을 붙잡을 수 있다면 상당한 도움이 될 터였다.

그놈을 통해서 카오스 세계에 대한 정보를 얻어낼 수 있을 테니까.

유감스럽게도 크랄은 등급이 낮아서인지 카오스 세계에 대한 정보는 잘 모르는 모양이었지만.

그리고 만약 제너럴을 붙잡을 경우 입을 여는 데 그림자 늑대들의 도움이 필요할지도 몰랐다.

그리고 최종적으로 지휘관 개체인 제너럴을 생포를 하든, 머리를 날리든 해서 우두머리가 없어진다면 어떻게 될까?

아무리 카오스 오크들이 숫자가 많다고 해도 제대로 된 통솔이 되지 않는다면 훨씬 더 손쉽게 처리할 수 있을 것이다.

"아리아."

나이젤은 나직한 목소리로 아리아를 불렀다.

기습 작전의 선공은 아리아가 할 예정이었다.

"네, 맡겨주세요."

나이젤의 부름에 답한 아리아는 활시위를 당겼다.

끼기긱. 투확!

이윽고 아리아가 쏜 화살이 어두운 밤하늘을 향해 솟구쳐 올랐다가 카오스 오크들이 주둔하고 있는 산맥 자락 아래로 떨어져 내리기 시작했다.

그 순간.

파바바밧!

아리아가 쏜 화살이 분열하더니 붉게 빛났다.

A급 화염 궁술 스킬,

파이어 레인 애로우.

상대 진영에 화염의 비와 같은 불화살을 내리는 궁술 스킬이었다.

화르륵!

곧바로 10발 이상 분열된 아리아의 화살이 카오스 오크 주둔지에 떨어져 내리며 붉은 화염이 치솟아 올랐다.

꾸에에엑!

보초를 서고 있던 카오스 오크들은 갑작스러운 사태에 우왕좌왕하며 괴성을 질러댔다.

카오스 오크들이 쳐놓은 천으로 된 막사에 불이 붙으며 사방으로 퍼져 나갔기 때문이다.

그 이후에도 아리아는 파이어 레인 애로우를 몇 번 더 카오스 오크들을 향해 날렸다.

삽시간에 카오스 오크들의 주둔지는 불바다가 되었다.

그 때문에 막사 안에서 자고 있던 카오스 오크들은 제대로 무장도 하지 않은 채 뛰쳐나왔다.

거기다 카오스 오크들은 자다가 깨서 갑자기 뛰쳐나온 터라 사방에서 너울거리는 붉은 화염의 불빛 때문에 더욱더 정신을 차리지 못했다.

"좋아, 돌입한다."

때가 됐다고 판단한 나이젤은 돌입 명령을 내렸다.

어둠 속에 스며든 일행들은 카오스 그런트 군단 선발대의 주둔지를 향해 달려들었다.

*   *   *

카오스 그런트 군단의 특징 중 하나는 그린 스킨 부대라는 점이었다.

초록빛 피부를 가진 오크, 오우거, 트롤 등등이 주력이며, 카오스 차원계에서는 물량전으로 유명한 군단이기도 했다.

꾸에에엑!

크아아악!

그리고 지금 기간테스 산맥 자락 아래에서 군데군데 막사를 치고 주둔하고 있는 카오스 그런트 부대 안에서 오크들의 비명 소리가 메아리처럼 울려 퍼지고 있었다.

'생각보다 순조로운데?'

카오스 오크들의 숫자가 많아서 걱정했었는데 예상보다 일이 잘 풀렸다.

나이젤이 이끌고 있는 기동타격대 앞에서 카오스 오크들은 손도 발도 이빨까지도 쓰지 못했다.

하긴 그럴 수밖에.

기동타격대의 주력이 트리플 킹덤 세계 최강의 용병단, 크림슨 미드나이트였으니까.

단원들 전원이 최소 무력 80을 넘는 실력자들이 아닌가?

거기다 단장인 라그나는 무력이 100에 가까운 괴물이었다.

그 외 다니엘이나 아리아도 단원들에게 뒤지지 않는 실력을 가지고 있었다. 둘 다 최소 무력 80대였으니까.

이들 중에서 가장 약한 존재는 다름 아닌 카테리나였다.

그녀의 무력은 이제 70이었다.

하지만 성장 속도를 본다면 혀를 내두르지 않을 수 없었다.

불과 몇 달 만에 무력 70대를 찍었기 때문이다.

그에 반해 카오스 오크들의 평균 무력은 30대 후반밖에 되지
않았다.

거기다 갑작스러운 기습에 대응하지 못해 우왕좌왕하고 있는
상황.

뎅겅뎅겅!

일행들의 칼질 한 번에 카오스 오크들의 머리가 허공을 날았
다.

크아아아아아!

그때 카오스 오크 주둔지 안에서 우렁찬 괴성이 울려 퍼졌
다.

카오스 그런트 군단의 중형급 몬스터 오우거의 괴성이었
다.

나이젤은 재빨리 괴성이 울려 퍼진 장소로 향했다.

'역시 오우거인가.'

[카오스 오우거]
[등급] 3성 일반.
[능력치]
무력: 48. 통솔: 42.
지력: 35. 마력: 42.
[특기] 괴력(D), 회복(D), 강철 피부(D), 전장의 외침(E).

키가 3미터에 달하는 중형급 몬스터, 오우거.

거기다 카오스 오우거라 그런지 근육이 더 오밀조밀하고 덩치

도 꽤 컸다.

우워어어어어!

나이젤을 발견한 카오스 오우거가 괴성을 내질렀다.

E급 특기인 전장의 외침이었다.

크엉? 크허?

그러자 혼란 상황에 빠져 있던 카오스 오크들이 정신을 차리기 시작했다.

'그래도 나름 지휘관 개체라는 건가?'

비록 일반 등급이긴 하지만 오우거는 오크들을 지휘할 수 있었다.

크랄처럼 진짜 지휘관급은 아니지만 오크보다 한 등급 높은 상위 개체였기에 준지휘관급 능력 정도는 갖춘 모양.

무상신법(無上迅法).

보법(步法), 전광석화(電光石火)!

어두운 하늘을 가르는 한 줄기 뇌광처럼 나이젤은 오우거를 향해 달려들었다.

크허?

갑작스럽게 나이젤이 눈앞에 나타나자 오우거는 놀란 표정을 지었다.

그 찰나의 사이, 나이젤의 모습이 사라졌다.

무상검법(無上劍法).

이식(二式), 섬광베기(殲光斬)!

번쩍!

순간 오우거의 등 뒤에서 하얀빛이 터져 나왔다.

그리고 공중에서 회전을 하며 나이젤은 아다만트를 휘둘렀다.

서격!

순식간에 카오스 오우거의 목을 날려 버린 나이젤은 지면에 착지했다.

'다음은?'

쉬익!

아다만트를 빼 들고 고개를 치켜드는 나이젤을 향해 카오스 오크들의 주력 무기인 글레이브 세 개가 찔러 들어왔다.

크아앙!

그때 까망이가 나이젤의 그림자 속에서 여전히 귀여운 느낌이 드는 포효를 내지르며 방어 스킬을 시전했다.

[당신의 소환수 까망이가 섀도우 아머 스킬을 시전합니다.]

까가강!

이윽고 검은 막이 생겨나며 나이젤의 바로 눈앞에서 글레이브 세 개가 막혔다.

그 직후 나이젤은 자신에게 글레이브를 내지른 카오스 오크 세 마리를 향해 달려들며 아다만트를 납검했다.

그리고 카오스 오크 세 마리를 스쳐 지나가는 순간 아다만트를 발검했다.

무상검법(無上劍法).

영식(零式) 개(改),

발검(拔劍) 무명베기(無明斬)!

허공에 검은 궤적이 그려지면서 카오스 오크들은 비명도 지르지 못하고 두 조각 세 조각이 나버렸다.

하지만 아직 끝이 아니었다.

지금 나이젤은 적진 한가운데에 있었으니까.

이리아가 주둔지에 불을 지르고 혼란한 틈을 타서 기습을 한 덕분에 상당한 피해를 입힐 수 있었다.

하지만 시간이 흐를수록 카오스 그런트 선발대의 몬스터들이 정신을 차리기 시작하며 대응을 해오기 시작했다.

그 예로 점점 나이젤을 향해 카오스 오크들이 몰려들고 있었으며, 그중에는 오우거들과 트롤들도 보였다.

'아직이다.'

나이젤은 아다만트를 휘두르며 주위를 둘러봤다.

카오스 그런트 군단 놈들이 사방에서 몰려오고 있었다.

비록 저놈들이 나이젤과 용병단의 상대가 아니긴 했지만 숫자가 워낙 많기 때문에 최대한 빨리 끝을 봐야 했다.

크아아아아아아아아아아!

순간 주둔지 전체를 뒤흔드는 어마어마한 하울링이 터져 나왔다.

진동하듯 떨리는 공기.

전신을 짓누르는 압박감.

'놈인가!'

나이젤은 직감했다.

카오스 그런트 군단의 선발대를 이끄는 4성급 카오스 보스,

그런트 제너럴이 나타났다고.

'어디냐!'

나이젤은 주변을 둘러보며 놈을 찾기 시작했다.

하지만 어디에도 녀석의 모습은 보이지 않았다.

슈아아아악!

순간 나이젤의 귀에 무언가 공기를 가르며 다가오는 소리가 들렸다.

그것도 머리 위에서.

"……!"

고개를 치켜든 나이젤은 놀란 표정을 지었다.

어두운 밤하늘에 걸려 있는 하얀 보름달을 배경으로 거대한 무언가가 떨어져 내려오고 있었기 때문이다.

나이젤은 재빨리 뒤로 물러났다.

그 직후.

콰아아아아아아앙!

어두운 밤하늘에서 거대한 실루엣이 육중한 굉음을 내면서 떨어졌다.

그로 인해 거대한 크레이터가 지면에 생겨나면서 충격파가 터져 나왔다.

꿰익! 꿰에엑!

갑작스럽게 터진 충격파에 미처 피하지 못했던 카오스 오크들이 사방으로 튕겨져 날았다.

하지만 나이젤은 별다른 피해를 입지 않았다.

미리 뒤로 몸을 뺐으니까.

[카오스 그런트 제너럴, 그라드.]

[등급] 4성 카오스 네임드 보스.

[타입] 파워.

[능력치]

무력: 82. 통솔: 80.

지력: 75. 마력: 78.

[특기] 대검술(A), 괴력(A), 각력(A), 광포화(A), 강철 피부(A).

나이젤은 전방을 노려봤다.

치솟아 오른 흙먼지가 서서히 걷히면서 나이젤의 눈앞에 카오스 그런트 제너럴, 그라드가 모습을 드러냈다.

덩치는 중형급 몬스터 오우거보다 좀 작은 2.5미터 정도.

하지만 그라드에게서 느껴지는 위압감은 오우거와 비교도 되지 않았다.

특히 그라드는 전신을 칠흑의 갑주로 무장하고 있었으며, 오른쪽 어깨 위에 거대한 대검을 걸치고 있었다.

무려 폭이 50센티, 길이만 2미터에 달하는 거대한 검이었다.

어떻게 보면 둔기라고 해도 좋을 정도였다.

"건방진 인간 놈들, 감히 내가 있는 군단을 노린 것이냐."

검은 뿔이 달린 칠흑의 투구 속에서 붉은 안광이 흘러나왔다.

'강하다.'

능력치 수치상으로만 본다면 중급 마족 파이런보다 약하다.

하지만 위압감만 놓고 본다면 결코 파이런에게 뒤지지 않았다.

거기다 파이런은 흑마법사였기에 화려한 공격이 가능한 대신 방어력이 약한 편이었다.

하지만 그라드는 강력한 힘을 가진, 공격력과 방어력이 높은 전사형 보스 몬스터였다.

파이런만큼 까다로울 수 있었다.

하지만.

콰콰콰콰콰!

저 멀리 좀 떨어진 곳에서 누군가가 그라드를 향해 엄청난 속도로 질주해 왔다.

크림슨 미드나이트 용병단의 단장, 라그나 로드브로크였다.

"피라미 놈들은 저리 비켜라!"

라그나는 광소를 터뜨리며 앞을 가로막고 있던 카오스 오크들을 미스틸테인으로 쳐냈다.

퀴에엑!

카오스 오크들은 라그나가 미스틸테인을 휘두르는 대로 추풍낙엽처럼 이리저리 튕겨 날아갔다.

그리고 눈 깜짝할 사이에 라그나의 할버드, 미스틸테인과 그라드의 대검, 니게르가 맞부딪쳤다.

콰아아아앙!

어마어마한 굉음과 함께 충격파가 폭발하듯이 그들 사이에서 터져 나왔다.

'굉장하네.'

나이젤은 서로 맞부딪치기 시작한 라그나와 그라드를 바라보며 혀를 내둘렀다.

또한 주변에서 싸우던 오크들과 오우거들, 그리고 트롤들까지 손을 멈추고 멍한 표정으로 라그나와 그라드를 바라봤다.

그 모습을 바라보며 나이젤은 슬며시 미소를 지었다.

'내가 굳이 저놈이랑 싸울 필요는 없지.'

지금 이곳에는 인간들 중에서 최강자라고 할 수 있는 라그나가 있었다.

굳이 나이젤이 앞장서서 싸울 필요는 없었다.

라그나라면 충분히 그라드를 때려잡고도 남을 테니까.

'1차 웨이브 때는 상대가 좋지 않았지만 지금은 상황이 다르다.'

1차 웨이브의 보스라고 할 수 있는 파이런은 까다롭게도 비행이 가능했다.

그래서 어쩔 수 없이 나이젤이 파이런과 싸웠다.

파이런과 공중전이 가능한 인물은 나이젤밖에 없었으니까.

하지만 그라드는 아니다.

지상전이 가능하다면 굳이 나이젤이 나서지 않아도 되었다.

'처음부터 이랬어야 했는데.'

나이젤은 정말 오래간만에 마음의 여유를 느꼈다.

지금까지 노팅힐 영지를 지키기 위해 얼마나 뛰어다녔던 가?

몬스터 플러드 상황에서 노팅힐 영지를 보호하기 위해 무장들을 영입해 오고, 성채 도시를 강화시켜 왔다.

그리고 지금 그 빛을 발하는 순간이 온 것이다.

그 예로 지금 라그나가 자신을 대신해서 보스 몬스터와 싸우고 있었으니까.

'그래도 막타는 내 거지만.'

그래야 보상을 받을 수 있었다.

하지만 가장 좋은 상황은 라그나가 그라드를 제압해서 붙잡는 것이다.

그라드를 통해서 보다 더 많은 카오스 몬스터들에 대한 정보를 얻은 다음 마무리를 하면 되니까.

콰콰콰콰쾅!

'와, 씨. 이건 뭐 괴수 혈전이네.'

나이젤은 가깝지도, 그렇다고 멀지도 않은 장소에서 라그나와 그라드의 전투를 구경했다.

그들이 서로 맞부딪칠 때마다 충격파가 터지고 대기가 흔들렸다.

그리고 주변에 있던 카오스 몬스터들이 상당한 피해를 입거나 주둔지가 초토화되어 갔다.

하지만 결과는 불 보듯 뻔했다.

'라그나가 질 리 없지.'

무력이 90 후반인 명실공히 인간족 최강자였으니까.

무력 80초반인 그라드로서는 이길 수 없었다.

다만, 지금 라그나는 힘을 한계까지 낮춘 뒤 그라드와 치고받으며 전투를 즐기고 있었다.

그는 타고난 전투광이었으니까.

그리고 이 전투 결과에 따라 카오스 그런트 선발대의 운명이 정해질 터.

나이젤은 전투에서 한 걸음 물러나 주변에 있던 오크들을 정리했다.

그런트 선발대를 전멸시키는 건 이제 시간문제일 뿐이었다.

크르릉! 컹컹!

어디서 개 짖는 소리가 들려오기 전까지만 해도 말이다.

크아아아아앙!

"뭐지?"

갑작스럽게 들려온 울음소리에 나이젤은 주변을 둘러봤다.

그리고 볼 수 있었다.

어둠 속에서 빛나고 있는 붉은 안광들을.

크아아아아앙!

이윽고 붉은 안광을 가진 존재들이 하얀 달빛 아래에서 천천히 모습을 드러냈다.

크르르.

"이놈들은……."

나이젤은 놀란 눈으로 전방을 바라봤다.

[카오스 헬 하운드.]
[등급] 3성 일반.
[능력치]
무력: 47. 통솔: 42.
지력: 39. 마력: 40.
[특기] 트리플 브레스(B), 순발력(B), 촉수(B), 돌진(B).

생각지도 못하게 하운드 계열 카오스 몬스터들이 난입해 온 것이다.

숫자는 대략 서른 마리 정도.

거기다 등급은 3성이었다.

카오스 오크들보다 더 강했다.

'이놈들이 왜 여기에?'

나이젤은 눈을 가늘게 뜨며 헬 하운드들을 노려봤다.

확실히 등급이 3성이다 보니 1차 웨이브 때 보았던 1성 덴타클 하운드 녀석들보다 강해 보였다.

생김새는 덴타클 하운드와 크게 다르진 않았지만, 덩치가 조금 더 큰 데다가 전신이 근육으로 뒤덮여 있었으니까.

문제는 헬 하운드들만이 아니었다.

[카오스 헬 하운드, 켈베로스.]
[등급] 3성 카오스 네임드 보스.
[타입] 스피드.

[능력치]
무력: 76. 통솔: 78.
지력: 71. 마력: 73.
[특기] 트리플 브레스(B), 순발력(B), 촉수(B), 가속(B).

헬 하운드보다 덩치가 두 배는 더 커 보이는 보스가 함께 있었던 것이다.

'이 상황에 보스라고?'

켈베로스를 본 나이젤은 헛웃음이 나왔다.

분명 에픽 미션 불가능 난이도 때문이겠지.

그나마 다행인 점은 켈베로스의 등급이 4성이 아니라 3성 보스라는 사실이었다.

다만, 현재 주위에 있는 헬 하운드들과 카오스 오크들이 일제히 나이젤을 노려보고 있는 상황.

'어쩔 수 없지.'

예상외의 상황이었지만 어쩌겠는가.

싸울 수밖에.

"나이젤 님!"

그때 나이젤을 부르는 목소리가 들려왔다.

고개를 힐끔 돌리자 카테리나와 다니엘이 달려오고 있는 모습이 보였다.

"괜찮으십니까?"

가장 먼저 다니엘이 달려와 나이젤의 안부를 물었다.

"나야 괜찮지. 자네는?"

"저도 괜찮죠."

나이젤의 반문에 다니엘은 씩 미소를 지으며 답했다.

다니엘은 정식으로 노팅힐 영지의 일원이 됨과 동시에 나이젤의 직속 수하가 되었다.

그래서 나이젤은 편하게 말을 놓았다.

애초에 다니엘은 나이젤의 부하가 되고 싶다고 하면서 편하게 말을 하라고 자청했었다.

아마 호감도가 90이상이라 그런 것 같았다.

조만간 호감도 100을 찍게 될 터.

'다니엘은 뭐로 변하려나?'

호감도 100을 찍으면 충성도나, 숭배심 등이 다르게 변했다.

과연 다니엘의 호감도는 무엇으로 변하게 될까?

나이젤은 가만히 다니엘을 바라봤다.

마치 산책 나온 강아지처럼 즐거운 표정으로 늑대 꼬리가 휙휙 흔들리고 있었다.

"나이젤 님."

그때 뒤늦게 다가온 카테리나가 걱정스러운 표정으로 나이젤을 불렀다.

"다치신 곳은 없으신가요?"

"응."

"다행이네요."

나이젤의 대답에 카테리나는 안도의 표정을 지었다.

또 뭔가 나이젤이 무리를 하고 있는 게 아닌가 걱정되었던 것이다.

"내 걱정은 하지 않아도 된다니까. 조심할게."

"항상 말은 그렇게 하면서 다치고 오시잖아요."

카테리나는 나이젤의 곁에 착 달라붙었다. 그 모습에서 떨어지지 않겠다는 의지가 느껴졌다.

'별로 다치고 싶어서 다친 게 아닌데.'

자신의 곁에서 떨어질 생각이 없어 보이는 카테리나를 바라보며 나이젤은 속으로 쓴웃음을 지었다.

그사이 카테리나는 다니엘을 향해 입을 열었다.

"그럼 이제 나이젤 님 곁에는 제가 있을 테니 다니엘 님은 다른 분들을 도와주러 가시는 게 어떤가요?"

"카테리나 님이야말로 다른 분들을 도와주시는 게 어떻습니까?"

다니엘 또한 웃는 얼굴로 카테리나의 말을 받아쳤다.

그들은 서로 미소를 지으며 바라봤다.

마치 누가 나이젤의 곁에 있을지 경쟁하고 있는 것처럼.

크르르.

하지만 서로 바라보고 있는 시간은 길지 않았다.

주변에 있는 헬 하운드들과 오크들이 어둠 속에서 붉은 안광을 빛내며 노려보고 있었으니까.

카오스 헬 하운드들과 오크들은 바로 달려들지 않았다.

카테리나와 다니엘의 등장에 잠시 주위를 맴돌며 탐색을 했던 것이다.

"리나, 다니엘. 둘은 저놈들 좀 상대해 줘."

"네."

"알겠습니다."

나이젤의 말에 카테리나와 다니엘은 고개를 끄덕이며 답했다.

현재 대다수 카오스 그런트 군단의 몬스터들은 크림슨 용병단원들이 상대하고 있었다.

그 덕분에 현재 주위에 있는 카오스 몬스터들만 처리하면 되었다.

그리고 여전히 라그나는 그라드와 치고받으며 싸우고 있는 상황.

크아앙!

가장 먼저 헬 하운드들이 포효를 내지르며 달려들었다.

그와 함께 카테리나와 다니엘도 장창을 앞세우며 마중 나갔다.

그들이라면 충분히 헬 하운드들과 오크들을 쓰러뜨릴 수 있을 터.

크르르.

그리고 나이젤의 정면에 선 3성 카오스 네임드 보스, 켈베로스가 낮은 울음소리를 내며 그를 노려봤다.

스팟!

순간 켈베로스의 모습이 흐릿해지면서 사라졌다.

켈베로스의 전투 타입은 스피드.

즉, 엄청나게 빠르다는 소리였다.

무상검법(無上劍法).

일식(一式), 무명베기(無明斬)!

나이젤은 재빨리 아다만트를 위에서 아래로 휘둘렀다.

까아앙!

순간 날카로운 금속성이 울려 퍼졌다. 그리고 나이젤의 등 뒤로 좀 떨어진 장소에서 켈베로스가 나타났다.

크르르?

켈베로스는 자신의 앞발과 나이젤을 바라보며 이해할 수 없다는 표정을 지었다.

조금 전 나이젤이 아다만트를 휘두르며 켈베로스의 앞 발톱을 쳐냈기 때문이다.

설마 가속 상태인 돌진 공격을 쳐낼 줄이야!

하지만 진짜 놀랄 만한 일은 따로 있었다.

스스슥.

나이젤의 모습이 바람에 흩날리듯 사라지기 시작한 것이다.

사라져 가는 나이젤의 모습을 바라보며 켈베로스의 세 머리가 놀란 표정을 지었다.

그때 켈베로스 앞에 나직한 목소리가 울려 퍼졌다.

"어딜 보고 있지? 그건 내 잔상이다만?"

무상신법(無上迅法).

보법(步法), 이형환위(移形換位).

무상신법 네 번째 걸음, 이형환위.

초고속 이동으로 허공에 잔상을 남기는 경신술.

나이젤은 새롭게 습득했던 이형환위 스킬을 사용해 켈베로스의 바로 앞에 나타났다.

때마침 켈베로스의 세 머리가 등 뒤를 돌아보고 있는 상황이었으니까.

그리고 켈베로스가 다시 고개를 돌리기도 전에 나이젤은 진각을 밟으며 정권을 내질렀다.

무상투법(無上鬪法).

일식(一式), 파쇄붕권(破碎崩拳)!

퍼억!

캥! 깨갱!

머리 세 개가 모이는 부분인 목 아래에 파쇄붕권이 꽂혀 들어갔다.

그 일격에 켈베로스는 괴성을 지르며 몇 미터나 뒤로 튕겨져 날아갔다.

크허어어엉!

하지만 이내 바닥을 몇 바퀴 구르며 자세를 잡더니 몸을 일으켰다. 그리고 나이젤을 죽일 듯이 노려봤다.

어둠 속에서 붉은 안광이 서슬 퍼렇게 빛나며 전신을 옥죄어 오는 느낌이 들었다.

"새끼, 눈에 힘 좀 줄 줄 아는가 보네."

나이젤은 무상심법을 운용하며 마력을 끌어올려 켈베로스의 눈빛에 저항했다.

덕분에 전신을 압박하던 느낌이 사라졌다.

무상신법(無上迅法).

보법(步法), 질풍신보(疾風迅步)!

그 후 나이젤은 질풍처럼 켈베로스를 향해 나아갔다.

하지만 켈베로스는 제자리에서 움직이지 못했다.

파쇄붕권에 당한 탓에 이전처럼 자유롭게 움직일 수 없었으니까.

대신 나이젤을 향해 입을 쩍 벌렸다.

그러자 켈베로스의 세 입에서 각각 붉은 화염과 푸른 얼음, 그리고 초록색 독 연기가 피어오르는 게 아닌가?

'브레스!'

켈베로스가 가지고 있는 고유 특성 트리플 브레스였다.

화르륵!

이윽고 켈베로스의 오른쪽 머리에서 화염방사기 같은 불줄기가 나이젤을 향해 쏟아져 나왔다.

나이젤은 무상신법을 빠르게 유운보로 전환하며 미끄러지듯 옆으로 피했다.

샤아아아.

그 뒤를 이어 차가운 한파와 같은 아이스 브레스가 덮쳐왔다.

공기 중의 수분을 얼리며 다가오는 북풍과도 같은 차가운 한기.

크앙!

[나이트 울프 까망이가 섀도우 배리어를 시전합니다.]

나이젤의 그림자 속에 있던 까망이가 전방위 방어 스킬인 섀도우 배리어를 발동했다.

쩌저저적! 챙!

나이젤을 감싼 검은 막이 순식간에 얼면서 유리처럼 깨져 나갔다.

스스스슥.

하지만 아직 켈베로스의 공격은 끝나지 않았다.

마지막으로 남은 초록색 독 연기, 포이즌 브레스가 나이젤을 덮쳐왔던 것이다.

[용의 날개를 개방합니다.]

펄럭!

나이젤이 등에서 용의 날개를 꺼내자마자 기다렸다는 듯이 까망이가 그림자로 가려주었다.

주변에 카테리나와 다니엘, 라그나가 있었으니까.

후웅!

나이젤은 켈베로스를 향해 용의 날개를 펄럭였다.

그러자 용의 날개에서 어마어마한 바람이 발생했다.

그 때문에 켈베로스는 역풍을 맞게 되었다.

쿵! 켈룩!

포이즌 브레스의 독 연기가 역풍을 맞고 돌아오자 켈베로스의 머리들은 기침을 하며 정신을 차리지 못했다.

그사이 나이젤은 켈베로스를 향해 빠르게 다가갔다.

슈슉!

켈베로스 또한 가만히 있지는 않았다. 등에 돋아 있는 촉수들을 휘두르며 나이젤을 견제한 것이다.

하지만 파쇄붕권과 포이즌 브레스의 역풍까지 맞은 탓에 가속 특성을 쓸 수 없었다.

가속을 쓰지 못하는 이상 켈베로스는 나이젤에게 위협이 되지 않았다.

나이젤은 자신을 향해 날아드는 촉수들을 종이 한 장 차이로 피해냈다.

애초에 독 연기로 인해 켈베로스는 시각과 후각, 청각까지 봉쇄되어 있는 상태와 같았다.

촉수들을 피하며 접근한 나이젤은 켈베로스의 곁을 스쳐 지나가며 아다만트를 휘둘렀다.

눈 깜짝할 사이에 무명베기, 섬광베기, 공간베기 초식이 연달아 펼쳐졌다.

철컥!

잠시 후 나이젤은 켈베로스의 등 뒤에서 좀 떨어진 장소에 내려서면서 아다만트를 납검했다.

촤아아아악!

그 순간 켈베로스의 거대한 몸이 산산조각 나며 검은 피가 사방으로 터져 나왔다.

[3성 카오스 네임드 보스 켈베로스를 처치하셨습니다! 기본 보상으로 전공 포인트 4,500을 획득합니다.]

[3성 카오스 네임드 보스를 처치하였기에 추가로 전공 포인트 500을 획득합니다.]

네임드 보스인 켈베로스를 처치하자 기본 3성 카오스 보스 보상인 4,500WP에서 추가로 500WP를 더 받았다.

크아아아아악!

때마침 그라드의 비명과 같은 괴성도 울려 퍼졌다.

나이젤은 라그나와 그라드가 한창 맞붙고 있던 장소를 바라봤다.

'저쪽도 끝났군.'

비명을 지르며 라그나의 창격에 튕겨 날아간 그라드가 바닥에 쓰러진 채 움찔거리는 모습이 보였다.

그라드를 죽이지 않고 제압한 모양.

나이젤이 생각한 가장 이상적인 상황이었다.

취익? 취이익?

또한, 예상대로 그라드가 제압당하자 살아남은 카오스 오크들은 안절부절못하며 불안정한 모습을 보였다.

크워어어!

크어어억!

오우거와 트롤들도 마찬가지.

아니, 그들을 통솔하던 그라드가 정신을 잃자 폭주하기 시작하며 근처에 있던 오크들을 공격하기 시작했다.

혼란 상태에 빠진 것이다.

남은 건, 오우거들과 트롤들을 정리하는 일뿐.

카오스 그런트 주둔지에서 몬스터들의 비명이 끊임없이 울려 퍼졌다.

　　　　*　　　　　*　　　　　*

　[축하합니다! 당신은 첫 번째 에피소드 미션, 몬스터 플러드 2차 웨이브를 방어하셨습니다! 보상으로 3,500전공 포인트를 획득합니다!]

　그라드를 제압한 후, 오우거들과 트롤들도 전부 처리했다. 살아남아 있던 오크들은 전부 도망갔다.
　사실상 노팅힐 영지로 쳐들어오려고 했던 카오스 그런트 선발대들을 괴멸시킨 것이다.

　[첫 번째 에피소드 미션이 갱신 중입니다.]

　'일단 급한 불은 끈 셈인가?'
　나이젤은 눈앞에 떠올라 있는 메시지를 바라보며 한시름 놓았다.
　노팅힐 영지를 노리는 카오스 몬스터 무리들을 막아냈으니까.
　이제 한동안 여유가 생긴 것이다.
　물론 그리 길진 않을 테지만.
　그리고 2차 웨이브를 방어했다는 메시지가 떠오르고 난 후, 에피소드 미션이 갱신되지 않고 있었다.
　그저 갱신 중이라고만 뜰 뿐.
　'이런 일은 또 처음인데.'

보통 미션을 클리어하면 거의 바로 다음 미션이 갱신되어 내려온다.

의문스러운 상황이었지만 기다리는 수밖에 없었다.

'어쨌든 할 일은 완료했으니 돌아가야겠지.'

나이젤은 자신을 향해 돌아오고 있는 크림슨 용병단 단원들과 카테리나, 아리아, 다니엘을 바라보며 작은 미소를 지었다.

*   *   *

다음 날 새벽.

기간테스 산맥 자락에 주둔하고 있던 카오스 몬스터들을 괴멸시켰다는 승전보에 나이젤 일행은 성채 도시에서 영지민들의 환대를 받으며 복귀했다.

그리고 나이젤은 자신의 집무실에서 머릿속을 정리하고 있었다.

'역시 크림슨 용병단이 필요해.'

이미 나이젤은 카테리나를 데리고 크림슨 용병단과 함께 노팅힐 영지 주변 몬스터들을 토벌한 적이 있었다.

그때도 용병단의 힘을 몸으로 깨달을 수 있었지만, 이번에도 고작 네 명이서 절반이 넘는 카오스 몬스터들을 처리했다.

거의 학살 수준으로.

제임스의 호위로 나가 있는 데인과 비전투 요원 아세라드를 제외하고 말이다.

크림슨 미드나이트 용병단의 총원은 여섯 명뿐이었으니까.

물론 용병단뿐만이 아니다.

나이젤을 포함한, 카테리나, 아리아, 다니엘의 활약도 컸다.

총 여덟 명이서 천 명이 넘는 카오스 그런트 선발대를 괴멸시킨 것이다.

'다들 능력이 좋단 말이야.'

특히 크림슨 미드나이트 용병단의 개개인이 가진 무력은 어마어마했다.

용병단의 비전투 요원이자 군사인 아세라드를 제외하고, 가장 약체라고 할 수 있는 마법사 카일러스만 해도 법력이 85로 6클래스 마법사였으니까.

'어떻게든 꼬셔놔야지.'

현재 노팅힐 영지는 크림슨 용병단과 1년간 계약을 연장시켜 놓았을 뿐이었다.

그 기간 안에 나이젤은 라그나와 아세라드를 꼬셔서 완전히 노팅힐 영지 산하로 들어오게 할 생각이었다.

그 일환으로 아세라드에게 노팅힐 영지 자체 내의 상단을 만드는 데 도움을 요청하고 용병단에게 자금 지원을 하겠다고 이야기했던 것이다.

또한 울라프를 중심으로 그랜드 공방의 드워프들을 미끼로 쓰기도 했다.

드워프들이 단원들의 개인 무구들을 정비해 주거나 혹은 새로운 무구를 제작해 주거나 하는 식으로 말이다.

실제로 그 작전은 상당히 효과적으로 먹혀들고 있었다.

"일단 급한 불은 껐으니 당분간 여유가 있겠지."

하지만 그와는 반대로 여전히 나이젤은 할 일이 많았다.

지하 감옥에 사이좋게 감금해 둔 크랄과 제라드를 심문할 그림자 늑대들과 접촉해야 했고, 브로드 팬드래건과 약조한 일도 해결해야 했다.

'엘릭서를 구하는 것도 쉽지 않지만.'

몸이 약한 아이리는 앞으로 몇 년도 버티지 못하고 병사한다.

그 때문에 나이젤은 아이리를 구하기 위해 엘릭서를 구해다 주기로 브로드와 약속했다.

아이리의 생명을 구해낸다면 팬드래건 백작가와 좋은 관계를 구축할 수 있을 테니까.

그뿐만이 아니다.

'알타이르 팬드래건.

브로드와 아이리의 어머니이자, 현재 팬드래건 백작가를 이끄는 여가주다.

특히 용인족의 피를 짙게 이어받은 그녀는 꽤 나이가 들었음에도 불구하고 30대 초반의 외모를 유지하고 있는 미녀이며, 브로드의 든든한 버팀목이기도 했다.

후에, 용공작이라고 불리는 인물.

그녀와 좋은 관계를 맺을 수만 있다면 초반이 편안해진다.

이런저런 도움을 받을 수 있을 테니까.

'어쨌든 엘릭서를 구하는 게 관건이지.'

현 시점에서 엘릭서를 구하는 방법은 두 가지 정도 있었다.

신비한 상인 스팀.

트리플 킹덤 게임에서 대륙을 떠돌며 신기한 상품들을 파는 떠돌이 상인이다.

오직 플레이어들에게만 상품을 팔며 화폐는 전공 포인트를 쓴다.

그리고 스팀이 파는 상품 중에 엘릭서도 있었다.

'어떤 인물일까.'

나이젤은 생각에 잠겼다.

만약 스팀이 게임에서처럼 전공 포인트를 화폐로 하여 물건을 판다면 이 세계에 대해 무언가 알고 있을지도 몰랐다.

전공 포인트는 오직 게임 시스템을 통해서만 얻을 수 있는 것이었으니까.

즉.

'스팀도 시스템 능력을 사용한다는 소리지.'

왜냐하면 시스템 능력을 통해서만 전공 포인트를 거래할 수 있기에.

이게 단순히 게임이었다면 별문제 없었다.

하지만 이 세계에서 시스템 능력을 쓰는 건 나이젤뿐이었다.

다른 인물들은 시스템 능력을 사용하기는커녕 그 존재 자체도 모른다.

그러니 만약 스팀이 시스템 능력을 사용한다면 이 세계에 대해 무언가 알고 있을 가능성이 컸다.

다만 문제는 트리플 킹덤 게임이 PK3 버전으로 업데이트되었고, 이 게임 자체가 진현에게 있어 현실이 되었다는 사실이었다.

과연 이 세계에서도 신비한 상인 스팀은 존재하고 있을까?

'기다려 보면 곧 만날 수 있겠지.'

트리플 킹덤 게임에서 스팀이 등장하는 시점은 첫 번째 에피소드, 몬스터 플러드에서 두 번째 웨이브를 막고 났을 때였으니까.

게임대로 시나리오가 흐른다면 머지않아 스팀이 노팅힐 영지로 찾아올 것이다.

만약 스팀이 찾아온다면 일석이조의 상황이었다.

엘릭서와 함께 이 세계에 대한 정보를 얻을 수 있으니 말이다.

하지만 찾아오지 않는다면 엘릭서를 구하기 위해 다른 방법을 써야 한다.

'뭐, 그건 그때 가서 생각하면 되고.'

설령 신비한 상인 스팀이 없어도 엘릭서를 구할 방법은 하나더 있다.

'그러니 이제 해야 할 일은… 스킬 강화지.'

나이젤의 얼굴에 웃음꽃이 피었다.

카오스 그런트 군단의 선발대를 괴멸시키면서 많은 것을 얻었다.

특히 우드빌 영지에서 카오스 몬스터들을 때려잡으면서 지금까지 모은 전공 포인트는 약 15만에 달했다.

거기에 그라드를 생포해서 지하 감옥에 크랄과 함께 사이좋게 감금시켜 놓았으며, 3성 카오스 네임드 보스 켈베로스의 카오스 코어도 얻었다.

물론 켈베로스의 카오스 코어는 얻자마자 까망이가 날름 먹어버렸지만 말이다.

'그래도 좋은 특성을 얻었으니 다행이지.'

켈베로스의 특성들 중에서 까망이는 가속을 얻었다.

만약 트리플 브레스나, 촉수를 얻었으면 어땠을지 오싹했다.

트리플 브레스를 얻었으면 머리가 세 개까지 생겼을 수도 있으니까.

머리가 셋 달린 까망이라니.

'…은근히 귀여울지도?'

어쨌든 현재 까망이가 얻은 특성들은 전투에 도움이 되는 종류가 많았다.

거기다 이제 직접 전투에 도움이 되는 가속 특성까지 얻은 상황.

이제 나이젤을 보조하는 서포터뿐만이 아니라 직접 전투에 참여해도 좋을 정도였다.

2~3성급 카오스 몬스터라면 충분히 상대할 수 있을 테니까.

그리고 나이젤 또한 카오스 그런트 선발대를 괴멸시키면서 그저 전공 포인트만 얻은 것은 아니었다.

[축하합니다! 무상심법, 무상검법, 무상투법, 무상신법, 육체 강화 스킬들이 숙련도 100%가 되었습니다.]

카오스 그런트 선발대의 몬스터들을 때려잡으면서 스킬 숙련도 또한 100%를 찍은 것이다.

다른 스킬들인 자신감 증가나 가혹한 지휘는 대략 50% 전후였다.

전투 중에 틈틈이 카테리나에게 몰래 걸어서 숙련도를 올렸지만, 주력 전투 스킬에 비해 사용 빈도가 부족할 수밖에 없었다.

그리고 필살기라고 할 수 있는 스페셜 데스 블로우 스킬인 드래곤 버스터는 숙련도가 아주 조금 올랐다.

양날의 검과도 같은 스킬이었기에 함부로 사용할 수 없었으니까.

'그래도 두 개밖에 못 올리겠네.'

숙련도를 100%까지 찍은 덕분에 스킬 등급을 한 단계 올릴 수 있었다.

하지만 무공 스킬을 C급에서 B급으로 찍는 데 들어가는 전공 포인트는 무려 54,000이었다.

그래도 업그레이드였으니 망정이지, 만약 B급 무공 스킬을 통째로 산다면 무려 전공 포인트가 81,000이 필요했다.

그나마 업그레이드 비용이 B급 가격에서 C급 가격을 뺀 값이라 전공 포인트가 54,000만 들어가는 것이다.

무공 스킬 C급의 가격은 27,000전공 포인트였으니까.

'C급 일반 스킬 가격은 8,000이고.'

일단 육체 강화(C) 스킬은 끝까지 들고 갈 생각이었다.

신체 능력을 상승시켜 주는 데다가 고유 능력인 임팩트를 사용할 때도 여전히 도움이 되고 전투에도 유용하기 때문이다.

'그럼 뭐부터 올릴까?'

나이젤은 무공 스킬들을 뚫어져라 바라봤다.

심법은 무공의 근간이라고 할 수 있을 만큼 핵심적인 호흡법이었다.

심법을 수행하면 마력이 늘어나고 검법이나 투법의 초식을 강화시킬 수 있었다.

그렇기에 심법은 가장 먼저 필수적으로 올려야 할 스킬이었다.

'역시 심법이랑 검법부터 올려야겠지?'

현재 나이젤의 클래스는 블레이더로, 즉 검사였다.

그 때문에 사실 투법보다 검법 쪽이 더 위력이 높았다.

'뭐, 투법도 나쁘진 않지만.'

그래도 어디까지나 투법은 보조로 배운 무술이었다.

전투 중에 검을 놓치거나, 혹은 맨손으로 적을 제압해야 할 상황일 때 도움이 되니까.

[축하합니다! 무상심법의 등급이 C에서 B로 상승하였습니다. 전공 포인트가 54,000이 소모되었습니다.]

[무상검법의 등급이 C에서 B로 상승하였습니다. 전공 포인트가 54,000이 소모되었습니다.]

[육체 강화의 등급이 C에서 B로 상승하였습니다. 전공 포인트가

8,000이 소모되었습니다.]

나이젤은 각각 54,000WP를 투자하여 무상심법과 무상검법의 등급을 B급으로 상승시켰다.

그리고 내친김에 C급 육체 강화 스킬도 B급으로 올렸다.

B급 일반 스킬의 가격은 16,000WP이었기에 업그레이드 비용은 8,000WP가 들었다

우-우-웅!

무상심법의 등급을 한 단계 올리자 나이젤의 몸에서 마력 파동이 흘러나왔다.

'으음.'

무상심법의 내공이라고 할 수 있는 마력이 몸 안을 휘몰아치며 내달렸다.

그 덕분에 나이젤의 신체 능력이 조금이지만 상승했고, 마력도 늘어났다.

무상심법의 등급이 오르면서 운용할 수 있는 마나가 좀 더 늘어난 것이다.

[축하합니다. 마력이 3, 무력이 1포인트 상승하였습니다. 소드 익스퍼트 하급의 경지에 들어섭니다.]

거기다 나이젤의 경지까지 올랐다.

불과 얼마 전까지만 해도 나이젤의 무력은 80으로 소드 익스퍼트 최하급의 경지였다.

하지만 첫 번째 에피소드 몬스터 플러드가 시작되면서 나이젤은 수많은 전투를 경험했다.

그 결과 스킬 숙련도와 전투 경험이 쌓이면서 무력이 82까지 올라와 있었다.

그리고 조금 전 무상심법의 등급이 오름에 따라 신체 능력과 마력이 상승하면서 무력이 1포인트 더 올랐다.

그 덕분에 현재 무력이 83이 되면서 소드 익스퍼트 하급 경지에 오르게 된 것이다.

일반적으로 능력치가 80일 때부터는 점점 성장 속도가 느려진다.

그 때문에 이 세계에서 강자라고 할 수 있는 존재들의 대다수가 무력이 80대인 경우가 많았다.

성장 속도가 더뎠으니까.

그에 반해 나이젤은 꽤 빠르게 성장한 편이라고 볼 수 있었다.

'후.'

나이젤은 길게 호흡을 내쉬며 신나게 몸속을 내달리던 마나를 제어했다.

'생각보다 좋은데?'

나이젤은 주먹을 쥐었다 폈다 하면서 몸 상태를 확인했다.

확실히 스킬 등급이 오르면서 이전보다 확연히 강해졌다는 느낌이 들었다.

실제로 무상검법만 해도 이제 막 강화했으니 숙련도가 50%는 되어야 쓸 수 있는 5초식을 습득할 수는 없었지만, C등급이었을 때보다 스킬의 위력이 전반적으로 상승해 있었다.

'전공 포인트를 많이 소모하긴 했지만 나쁘지 않아.'

무공 스킬 2개를 올리기 위해 무려 11만 6천 전공 포인트가 날아갔다.

남은 전공 포인트는 약 4만 정도.

나머지 무공 스킬 두 개의 등급을 올리기 위해서는 적어도 8만은 더 필요했다.

그래도 11만이 넘는 전공 포인트를 투자할 만한 가치는 있었다.

덕분에 소드 익스퍼트 하급의 경지에 올랐으니까.

최하급이었을 때만 해도 나이젤은 고유 능력 덕분에 자신보다 더 강한 경지에 있는 존재들과 대등하거나 혹은 그 이상의 힘을 보이며 싸웠다.

그런데 이제 경지가 한 단계 더 상승한 상황.

'이 정도면 이제 충분히 제압할 수 있겠지.'

4성 카오스 네임드 보스, 중급 마족 파이런.

처음 그와 만났을 때, 가능하면 제압해서 생포하고 싶었다.

여러 정보를 얻어낼 수 있을 테니까.

하지만 스페셜 데스 블로우 스킬, 드래곤 버스터를 정면으로 맞고 튕겨 날아간 파이런은 그대로 도주해 버렸다.

아무래도 몸을 움직이지 못할 정도로 치명상을 입진 않은 모양.

그리고 상황이 좋지 않다고 판단해 도망친 모양이었다.

덕분에 나이젤은 파이런이 나름 신중하게 움직인다는 사실을 유추해 낼 수 있었다.

'하지만 네놈에게 다음은 없을 거다.'

나이젤은 속으로 웃었다.

파이런도 바보가 아닐 테니 다음에는 나름 준비를 철저히 해서 올 것이다.

그렇다면 파이런보다 더 준비를 철저히 하면 될 일이지 않은가?

그리고 다음에야말로 생포할 생각이었다.

카오스 그런트 군단의 선발대장인 그라드를 생포했지만, 파이런이 더 직급이 높은 것 같았으니까.

그리고 현재 그라드로부터 정보를 얻어내려고 하고 있었지만 역시 노팅힐 영지군으로서는 역부족이었다.

크림슨 용병단원들에게 도움을 받고 싶었지만, 그들은 전부 무투파였다.

심문에는 맞지 않았다.

'역시 그림자 늑대들과 접촉을 빨리 하는 게 좋겠지.'

나이젤은 이후 해야 할 일들을 정리했다.

첫째, 머지않아 노팅힐 영지에 찾아올 신비한 상인 스팀을 만나 엘릭서 구하기.

둘째, 그림자 늑대와 접촉하기.

셋째, 팬드래건 백작가를 비롯한 다른 영지와 동맹 구축하기.

앞으로 해야 할 일들이었다.

'그럼 기다려 볼까?'

트리플 킹덤 게임대로라면 2차 웨이브가 끝나고 며칠 안에 영지로 신비한 상인 스팀이 찾아올 터.

그때까지 나이젤은 노팅힐 영지에서 조용히 수련이라도 할 생각이었다.

*　　　*　　　*

어두운 밤.

하얀 달빛 아래 평원에서 스산한 바람이 불어왔다.

그리고 허리까지 내려오는 은빛 머리카락을 밤바람에 나부끼며 서 있는 사내가 있었다.

차가운 한기가 느껴지는 붉은 눈을 가진, 기품 있고 아름다워 보이는 얼굴을 가진 인물.

상급 마족, 파일런이었다.

"그라드가 당했다."

파일런은 차가운 눈빛으로 담담하게 말했다.

그 말에 파일런의 등 뒤에 있던 인물이 움찔거렸다.

그는 믿기지 않는 표정으로 중얼거렸다.

"그라드가 당하다니……."

"파이런, 이 세계는 너를 패퇴시킨 인간이 있을 정도다. 믿을 수 없을 정도는 아니지."

"큭."

파일런의 무감정한 말에 파이런은 이를 갈았다.

'빌어먹을 하등 생물 놈!'

마지막 나이젤이 가한 혼신의 일격에 파이런은 위기감을 느꼈다.

그랬기에 당한 척하면서 줄행랑을 쳤다.

만약 그러지 않았다면 어떻게 되었을지 생각조차 하기 싫었다.

중급 마족인 자신을 위험한 상황에 빠뜨릴 정도면 분명 평범한 놈은 아닐 터.

"아마 그놈은 인간이 아닐 거야. 용의 기운이 느껴졌으니까. 분명 용인족이겠지."

파이런은 씹어 먹을 듯이 말했다.

"어리석구나, 동생아. 상대가 용인족이라고 해도 네가 당할 정도는 아니지 않느냐."

"그럼 대체 그놈은 뭐란 말이야?"

"글쎄. 이제부터라도 알아봐야겠지."

그렇게 말한 파일런은 자신의 동생인 파이런을 바라봤다.

불만 가득한 표정을 짓고 있는 소중한 동생.

"내 동생을 건드린 놈을 가만히 놔둘 수는 없으니까."

아름다운 얼굴로 싸늘한 미소를 짓고 있는 파일런에게서 섬뜩한 마기가 흘러나왔다.

팟!

순간 파일런의 손이 재빠르게 움직였다.

슈아아악!

눈 깜짝할 사이에 파일런의 손에서 생성된 칠흑의 마력 탄이 공기를 가르며 쏘아졌다.

퍼억!

파지지직!

그러자 불과 몇 미터 떨어지지 않은 머리 위 상공에서 무언가가 모습을 드러냈다.

인비저블 마법으로 모습을 숨기고 있던 작은 새였다.

하지만 생명체와는 거리가 멀었다.

몸 전체가 금속으로 이루어져 있었으며 방금 전 공격으로 푸른 스파크가 튀고 있었으니까.

"빌어먹을 차원관리국 놈들. 사라져라."

번쩍!

다시 한번 파일런의 손에서 검은 마력 포가 쏘아지면서 황급히 날아오르려는 금속 새를 집어삼켰다.

펑!

이윽고 금속 새는 작게 폭발하며 사라졌다.

"흥, 쓰레기 같은 차원관리국 놈들. 프로브를 보내면 모를 줄 알았나?"

파이런은 비웃음을 띄웠다.

이 세계가 차원관리국의 입김이 닿아 있다는 사실은 잘 알고 있었다.

바로 그 때문에 자신들이 선발대로서 변방 차원인 이곳을 조사하기 위해 온 것이었으니까.

그리고 문득 파일런은 한 가지 가능성이 떠올랐다.

"어쩌면 네가 상대한 인간은 관리국 놈들과 연관이 있을지도 모르겠군."

"차원 관리국이? 설마?"

파일런의 말에 파이런은 놀란 표정으로 고개를 흔들었다.

기본적으로 차원 관리국 놈들은 변방 차원에 개입하지 않는다.

그런데 만약 차원 관리국이 이 세계에 개입해 있다고 한다면?

"차원 관리국이 개입했다면 네가 물러난 것도 납득이 가능하지."

"과연……."

파이런은 고개를 끄덕였다.

자신이 누구인가?

고차원 생명체들 중 하나인 마족이었다.

그런 자신이 고작 하등 생물인 인간에게 패퇴했다는 사실은 받아들일 수 없었다.

"빌어먹을 관리국 놈들."

파이런은 이를 갈았다.

분명 차원관리국 놈들이 무언가 비겁한 수를 쓴 것일 터.

그렇지 않고서야 자신이 하등 생물에게 지는 일은 없을 테니까.

순간 파이런은 한 가지 생각이 머릿속을 스쳐 지나갔다.

"그럼 내가 상대한 그놈 말고도 더 강한 놈들이 있을까?"

"아마 그렇지 않을까? 하지만······."

파일런은 싸늘한 미소를 지었다.

예상보다 이 세계는 만만치 않아 보였다.

하지만 그래서 어떻다는 말인가?

카오스 차원의 마족들은 전투 종족이었다.

누구보다도 싸움을 좋아한다.

그리고 상대가 강하면 강할수록 더욱더 불이 붙는다.

적어도 파일런은 그러했다.

그 덕분에 상급 마족이 될 수 있었으니까.

"걱정 마라, 동생아. 너를 건드린 놈은 지옥을 보게 될 테니까."

파일런은 싸늘한 미소를 지었다.

감히 카오스 차원의 마족인 자신들을 하등 생물 따위가 건드리다니.

"제발 죽여달라고 빌게 만들어주마."

그 후에는 벌레처럼 찢고, 뜯고, 갈아서 하운드들의 먹이로 주면 좋겠지.

"각 선발대의 정예들을 뽑아라. 우리들의 다음 목표는······."

그렇게 말한 파일런은 뒤를 돌아봤다.

그러자 아무것도 없는 어두운 평원 수풀 속에서 섬뜩하게 빛나는 붉은 눈동자들이 하나둘 모습을 드러내기 시작했다.

그 숫자는 최소 수백이 넘었다.

하나하나가 범상치 않은 기세를 뿜어내고 있는 존재들.

그들을 바라보며 파일런은 섬뜩한 살기를 띤 미소를 지으며 말했다.

"노팅힐 영지다."

『게임 씹어먹는 엑스트라』 5권에 계속…